Rivière

Élise Martinez

Rivière

Roman

© 2023, Élise Martinez

Édition : BoD · Books on Demand, 31 avenue Saint-Rémy, 57600 Forbach,
bod@bod.fr
Impression : Libri Plureos GmbH, Friedensallee 273,
22763 Hamburg (Allemagne)

Couverture : Victoria Strelka
(photographie Pexels)

ISBN : 978-2-3225-0247-9
Dépôt légal : Octobre 2023

Aux personnes que j'ai aimées
dès le premier regard.

« *C'est ainsi que nous avançons,*
barques à contre-courant,
sans cesse ramenés vers le passé. »
Francis Scott Fitzgerald

Nuit 1

La nuit, Aguas sent le bitume chaud, la poussière humide et le cochon enfermé. Comme si la terre libérait sous les étoiles tout ce qu'elle avait retenu sous le soleil. L'air est si saturé de ces odeurs désagréables qu'il en devient épais comme de la boue. Ça respire la moiteur et le terreau. Il n'y a pas de doute, nous sommes bien arrivés.

Je coupe le moteur et j'entends les grillons de mon enfance. Les mêmes qui envahissaient mes rêves quand Papa conduisait. Leur chant crépitait comme brûlent des brindilles sèches et même les yeux fermés, je reconnaissais le signal que les vacances commençaient.

Désormais, je suis au volant et dans le rétroviseur, je constate que mes enfants dorment à poings fermés. Eux sont à dix mille rêves des insectes et de la porcherie lointaine.

J'ai garé la voiture devant la porte de notre garage. La rue déserte patiente sous la lumière jaune des réverbères. J'ouvre la portière et Yoshi me saute aussitôt dessus pour renifler le terrain vague. J'ai conduit pendant six heures d'affilée, ce n'est raisonnable pour personne, pas même la chienne. Je la suis et la vois s'éloigner vers les champs d'oliviers et d'orangers. Je ne m'inquiète pas, elle reviendra à la première couleuvre croisée.

Je me retourne et regarde la maison …
Cette façade doit être rénovée au plus vite. Je dois en parler à Sébastien.
C'est l'inconvénient d'être la dernière rue à l'ouest de Aguas. On fait frontière avec la nature et les vents hostiles, protégeant le village qui ruisselle de notre garage jusqu'au creux de la vallée.

La maison de Grand-père n'est vraiment pas la plus jolie de la rue. La faute à la porte de garage en tôle cabossée, à la peinture qui craquelle et aux deux fenêtres recouvertes de toiles d'araignées. La pauvre respire l'abandon alors que les autres sont toutes si jolies et habitées. Ensemble, elles forment un long cube, un rempart à étage, visuellement scindé par une tresse de gros câbles électriques.

C'est une maison de vacances, joliment laide. Une maison familiale, qui a perdu de sa superbe en perdant sa famille ... Enfin, quelques-uns de ses piliers. Je suis encore là, je tiens les murs.

Je réveille doucement les enfants. Quand je sors de la voiture leurs petits corps désarticulés par le sommeil, ils me demandent presque à l'unisson : « On est arrivé en Espagne ? »

Oui, on y est depuis un moment. Mais ils sont comme moi à leur âge : l'Espagne, ce n'est jamais avant Aguas.

J'ouvre la porte et ils se traînent dans le grand patio aux tomettes rouges. Je remarque l'absence du vieux lavoir en pierre ; j'avais oublié que Grand-père l'avait enlevé, parce qu'elle laissait passer les bestioles.

Les enfants atteignent la porte-fenêtre. Une nouvelle clef et nous y sommes ... Les vieux meubles en pin, le sol en terrazzo patiné ... Mais surtout cette odeur rance de briques enfermées, qui saute aux narines dès qu'elle se confronte à l'air chaud. Le parfum de l'absence.

J'envoie les enfants finir leur nuit dans leur chambre. Ils s'en rappellent à peine ; la dernière fois, ils étaient si petits.

Celle à l'autre bout de la maison, près de la porte d'entrée, qui donne vers la rue des voisines qui discutent ... La chambre qui était la mienne, dénudée et désuète, quand il n'y avait encore qu'un seul lit en bois sombre et la coiffeuse en marbre de *la abuela María*[1]. La chambre où je gardais mes notes et mes dessins de vacances, accumulés dans les tiroirs. J'entretenais ma nostalgie en semant ces jolis cailloux d'enfance, sans me rendre compte que, pauvre Petit Poucet, il m'en resterait encore beaucoup à regretter.

Les enfants me lancent « bonne nuit » à travers les murs et je leur rappelle de parler doucement, qu'il est trois heures du matin … Oui, je fais comme Maman, qui me criait en chuchotant de ne pas réveiller les grands-parents, dont la chambre était face à la mienne. Grand-père en sortait alors, feignant la surprise : *"¡Ché! ¿Ya estáis aquí?"*[2] Comme s'il n'avait pas lutté contre le sommeil et compté une à une les secondes qui nous séparaient de lui.

Quand je l'embrassais, il me serrait très fort l'épaule et me souriait en faisant son petit cri de joie habituel, son *i* prolongé et aigu qui me rappelle Yoshi quand on lui écrase la patte.

Tiens, Yoshi … Je retourne à la voiture, elle y est à nouveau installée. Elle me suit quand je commence la ronde des paquets.
Aller-retour, aller-retour, chargée de valises, tout ce qu'il faut pour tenir quelques semaines, tout ce que l'on emporte et que l'on n'utilise pas. Il fait chaud, ça m'épuise.

Puis, je ferme le coffre, les portières, le garage, la porte du patio, et je m'allonge sur le lit qui, avant, était celui de mes parents.
La nuit s'enfuit, le matin arrivera bientôt avec sa routine bruyante. Mon corps en nage est trop fatigué pour s'en

---

1. La grand-mère María.
2. « Hey ! Vous êtes déjà là ? »

réjouir. Tant d'heures assise, concentrée, à parler, à faire que le temps passe plus vite, puis arriver dans cette moiteur, cet air tiède, sur ce bitume qui s'évapore …

Enfin les draps et la solitude …

Mais non, je ne suis pas seule. Je les vois, ils sont là, tout autour, sur le lit, devant les rideaux, partout, ils revivent, ces souvenirs qui m'oppressent. Je les enferme depuis si longtemps dans cette maison pour ne pas y penser en France.

Ici, j'ai soudain dix-sept ans. Je ne suis plus mère, je ne suis que fille.

Cette maison, c'est ma jeunesse, la vie qui commence, faussement légère mais prometteuse, avec mes disparus qui sont à nouveau dans la force de l'âge.

Cinq ans sans personne …

Je suis venue pour la maison, et pour les retrouver, les faire un peu revivre.

Et demain, il y aura dehors et le début des fêtes du village. Celles de ma jeunesse.

À mon réveil, il y aura Aguas, réceptacle de mes regrets.

Mon regret. Le seul, celui qui m'habite ici et ailleurs, celui que je trimballe partout …

Il y aura mon premier amour, que j'ai mis toute ma vie à part, un peu de passé comme **(entre parenthèses).**

Peut-être même le verrai-je, en chair et en vrai.

Et s'il y est, j'en ai peur, il y aura à nouveau ma rivière.

(Jour 1)

Il fait chaud. J'ouvre les yeux et c'est la première chose à laquelle je pense. L'air accablant s'épaissit dans la chambre qui s'écrase et se replie sur ses fausses ténèbres.

Dehors, la vie grouille sous le soleil et sa lumière puissante tente de trouer mes volets.

Je ne sais pas l'heure qu'il est. Sans doute assez tôt, puisque j'ai encore sommeil, mais un peu tard, j'entends les voisines organiser leur journée à plusieurs.

La maison aussi est réveillée. Deux voix se disputent en sourdine, elles me parviennent malgré deux cloisons et deux portes fermées. C'est Grand-père qui crie à Lina qu'il ne crie pas. Elle lui répond qu'il pourrait partir ne pas crier ailleurs, dans ses champs, par exemple.

Quand il s'agace, Grand-père parle en détachant les syllabes. Sa voix devient tonitruante, mais c'est vrai, il ne crie pas. Il scande juste les mots comme s'il enfonçait des clous au marteau.

Lina, elle, ne crie jamais. Elle arbore un éternel sourire. C'est plus suspect.

Un voisin couvre leur scène de ménage avec *"Campanera"* de Joselito[1]. Ça va précipiter Grand-père hors de la maison, ce n'est pas exactement son type de flamenco. En fait, je me demande si cet enfant à la voix stridente chante du flamenco, à proprement

---

1. Chanteur et acteur espagnol né en 1943, enfant star.

parler … Ce qui est sûr, c'est que maintenant je ne dormirai plus.

Je n'ai pourtant pas envie de sortir de ma chambre étouffée, ni de laisser la lumière gagner le combat contre les volets. Il fait déjà trop chaud. La torpeur ambiante m'avale comme ce matelas si mou.

M'allonger sur le terrazzo au sol me rafraîchirait un instant, mais c'est la canicule, ça ne durerait pas.

Je me sens fatiguée dès le réveil, je fonctionne au ralenti, je traîne ma lourdeur, plombée par la simple idée d'ouvrir un livre. Parce que je pourrais commencer à bûcher le programme du bac, c'est ce que Maman aime me répéter.

Mais c'est l'été, il fait chaud à en crever.

Les vacances, ça sert à ne rien faire, et ici, je ne sers à rien.

"*Campanera*" se finit. Je ne connais pas la chanson qui suit, mais elle ne me plaît pas davantage. Autant en finir au plus vite. Je me décide à m'extraire de mes draps. La faim me motive. La soif aussi, je suis déshydratée.

J'ouvre la porte de ma chambre et la lumière me fouette au visage. Mes yeux s'épuisent davantage.

« Tiens, la marmotte ! C'est pas trop tôt ? Je me demandais quand tu finirais par te lever, avec tout ce bruit …

Maman se tient près de la table de la salle à manger ; dans une main, une tasse, sûrement son café, dans l'autre, un *fartón*[1] entamé. Elle est debout, elle

---

1. Spécialité pâtissière du pays valencien ; brioche longue et fine.

me fixe sévèrement. Elle ne bouge pas mais j'ai déjà la sensation que tout va à cent à l'heure.

– Bonjour. Vous avez déjà déjeuné ?

Elle ricane.

– Eh oui ! Je te signale qu'il est huit heures. Moi ça fait un moment que je me suis levée. Grand-père a fait un bruit pas possible et les voisines, je te dis pas ! Lina va partir au marché, alors y'a des choses à faire. Ne tarde pas.

Je suis fatiguée de l'écouter. Je m'affale sur une chaise. Il n'y a ni lait ni chocolat sur la table, je dois me relever pour les chercher. Je souffle.

– Papa est couché ?

– Oui, mais il ne dort pas. Il vient de prendre son café.

Tant qu'à quitter mon siège, autant que ce soit d'abord pour lui.

La porte de sa chambre est entrouverte, je frappe deux coups rapprochés et m'invite sans attendre de réponse.

– Coucou ! Ça va ? Bien dormi ?

Papa est en pantalon de pyjama, assis sous un drap, les jambes allongées, trois coussins écrasés derrière la nuque et des mots croisés à la main. Il relève les yeux à mon entrée et me sourit. Je n'ai plus faim.

– Eh, salut ! Ça va, je me repose, j'ai les guiboles sur le grill. Comme d'habitude, la voiture, ça m'esquinte. Va faire chaud aujourd'hui, hein ?

Je m'assois près de lui, de l'autre côté du lit, à la place de ma mère. Crapule se l'est déjà appropriée.

Rien à faire, je le pousse, tant pis s' il grogne.

– De toute façon, à chaque fois c'est pareil. Le premier jour, c'est le jour des visites. Ils vont tous défiler et on va pouvoir rien faire. Au moins quand t'es fatigué, ils restent moins longtemps.

– Oh, ce n'est pas grave. Ça fait partie du charme. C'est le rituel des vacances ! D'abord les vieux et ensuite, à nous les tapas !

Je ris. Papa, il me fait toujours rire. Enfin, très souvent.

Nous faisons quelques mots croisés, il me laisse croire que je l'aide. Être avec lui, c'est comme s'allonger sur le terrazzo. Il fait un peu plus frais.

Le temps passe, mais j'en oublie que j'ai soif.

Maman entre à deux reprises dans sa chambre et ouvre l'armoire pour en sortir je ne sais pas bien quoi, je l'ai vue sans la regarder.

Elle m'a d'abord dit d'aller déjeuner, je n'ai pas bougé. Maintenant, elle me l'exige et prétexte que je vais retarder l'organisation générale si je ne lave pas mon bol avant un quart d'heure.

Elle m'agace, ça va, c'est les vacances, je n'ai pas de train à prendre.

– Allez, ne fais pas râler ta mère, va déjeuner. Et tant que t'y es, ramène mon verre à la cuisine, s'il te plaît. »

Dès que j'abandonne le lit, Crapule y remonte, récupère sa place et me lance un regard noir.

Ce chien, c'est un chat.

★

« Papa, je vais au marché !

– Très bien ! N'oublie pas mes *pipas* [1] ! »

J'ouvre la porte d'entrée. Notre maison ne connaît finalement pas la vraie chaleur. Celle du dehors est aussi cinglante qu'une gifle reçue par surprise. La vieille persienne fait un bruit de crécelle quand je la pousse. Je claque la porte derrière moi.

Notre rue est étroite, surtout avec les voitures garées tout le long du trottoir. Leurs roues se liquéfient déjà sur la chaussée, ça sent presque le pneu fondu.

Je dépasse les maisons aux fenêtres grand ouvertes. J'entends en sortir le bruit d'un objet métallique qui tombe, sans doute une casserole. Puis une voix nasillarde, une autre fatiguée, l'écoulement d'une eau sortie d'un tuyau, le jingle d'une radio allumée. J'entends la vie des voisins, qui jouent leur partition quotidienne et créent un tapage dissonant qui assomme autant que les rayons du soleil.

Une des maisons garde ses volets fermés, elle n'a pas le cœur à la fête. Je remarque un trait de peinture blanche qui commence sur le pas de sa porte et déroule étrangement un filet ruisselant tout le long de la rue jusqu'à perte de vue. Et puis j'oublie.

J'avance dans la rue, le soleil dégouline sur moi. Il fait déjà tellement chaud, de cette lourdeur qui enveloppe, que mes pieds pourraient se noyer dans le bitume. À chaque pas, la cacophonie des voisines est remplacée par le ronronnement du marché qui s'intensifie …

---

1. Graines de tournesol.

Le premier stand est celui des olives. Il me donne envie de manger des tomates en salade ! C'est le seul que je distingue, tous les autres me semblent inaccessibles. Le marché est si bondé qu'il déborde sur les deux trottoirs. Le courant humain m'aspire aussitôt, je suis happée dans cette artère encombrée. Son sang grouille, bouscule, crispe, rit, recule, s'alourdit, s'arrête, puis coule enfin.

Ce sont des gens qui tourbillonnent, coincés entre deux rangées de marchandises, écrasés par les articles suspendus, pressés contre des portes-cintres, respirant les épices, les fromages, la rôtissoire, les bonbecs, le cuir et la lessive. Tout ça est suffoquant de graisse, de chaleur et de sueur, un énorme caillot qu'il me faut trancher pour trouver Maman.

Dans la foule, tout près de moi, se tiennent deux femmes qui me dévisagent … Elles doivent tenter de me remettre, se demander qui sont mes parents, de quelle lignée suis-je le terme, parmi les centaines de familles qui font leur village.

Ici tout le monde se connaît ou veut se connaître. Et moi, je ne suis personne … Du moins tant que je marche seule et que mon accent ne me trahit pas. Ça intrigue aussi la troisième femme qui les a rejoint …

Je commence à avoir chaud de honte, je me faufile un peu plus loin. Mais des femmes, ici, il n'y a que ça.

Les seuls hommes présents sont les vendeurs. Tous les autres, les maris, les pères, les grands-pères, attendent au comptoir ou en terrasse.

Le marché, c'est le bar des femmes. Elles sont chez

elles, elles s'y ressourcent, elles se critiquent. Parfois elles s'aiment aussi quand leurs rires roulent en cascade. Avec des *guapa, cariño, tesoro[1]*, qu'elles s'offrent pour se séduire. Des voix comme le chant des sirènes, un marché qui caresse, embrasse, flatte.

Je suis piégée dans l'utérus de Aguas.

Je pense à Maman.

Je veux rentrer.

"*¡Mira! ¡Si es la francesa![2]*"

Argh ! Ça y est, c'est pour ma pomme ! À peine sortie et je dois tomber sur Dents-de-la-mort.

Je me retourne. Pas de doute, c'est bien lui. Je force mes lèvres dégoûtées à former un sourire.

– *¡Hola, tío![3]*

Je devrais l'embrasser, paraîtrait qu'il est plus ou moins de ma famille. Mais il n'a pas l'air de vouloir approcher sa joue, alors je ne bouge pas la mienne. Sa bouche jaune me répugne. Bon, pas de bise, c'est déjà ça.

Qu'est-ce qu'il fait ici, celui-là ? S'il y en a un qui devrait être au bar, c'est bien lui. Pas moyen de croiser ma mère et je tombe sur le cousin au quinzième degré de Grand-père.

– Et ton père ?

– À la maison, il se repose. Il a conduit toute la nuit.

Oh la la ! Je n'aurais pas dû dire ça, il va vouloir passer le voir …

1. Ma jolie, chérie, trésor.
2. « Regarde ! Mais c'est la Française ! »
3. Salut, tonton !

19

Au moins, ça sera fait ! Sinon, il sera notre crainte pour toutes les vacances et on devra esquiver les terrasses de café qu'il fréquente le plus. C'est une épée de Damoclès qui sent l'alcool et le joint.

– Je passerai plus tard alors. Je vais voir les brebis et je passe.

– *Vale. ¡Hasta luego!*[1]

Je le regarde s'éloigner du marché. C'est un petit vieux de plus en plus ratatiné, avec de moins en moins de dents. Il n'est pas méchant …

Mais qu'est-ce qu'il pue ! Je me demande comment font ses moutons.

Du coin de l'œil, j'aperçois Maman.

Enfin ! Elle est en pleine négociation avec un vendeur de chaussures. Je m'approche. Elle a l'air heureuse, ça m'agace.

– Elles te plaisent ?

– Bof. C'est des chaussures de vieille.

– N'importe quoi, tu n'y connais rien … Qu'est-ce que tu veux ?

– Rien, je me promène. Lina n'est pas avec toi ?

– Non, ça fait un moment qu'elle est rentrée.

– Je viens de croiser Dents-de-la-mort.

– Oula ! On va pas tarder alors !

– Il est au bar. Mais il veut passer voir Papa plus tard.

– Bravo !

– Et qu'est-ce que tu voulais que je lui dise ? « Non, ne viens pas, on peut pas te sentir » ?

---

1. Ok. À tout à l'heure !

– Au contraire !

Elle râle, mais ça va, elle est dans un bon jour. Elle en devient même drôle. Elle sautille presque, ses sacs en plastique dans les mains et sa boîte de chaussures sous le bras. Elle est guillerette. Je ne comprends pas pourquoi ça me crispe.

– Papa veut des *pipas*.

– Oh ! Il aurait pu me le dire avant, quand même.

– Il l'a dit ! Il me l'a dit à moi.

– Oui, mais j'y suis déjà allée, au stand des fruits secs ...

– Et alors ? On y re-va et c'est tout.

– Oui et bien, j'ai pas que ça à faire !

Son bon jour n'est finalement qu'un jour comme les autres.

– C'est moi qui vais les acheter.

– D'abord tu viens essayer une jupe que j'ai repérée pour toi.

– J'ai pas envie maintenant, d'une jupe ! On ne peut pas essayer dans le marché ... En plus, j'aime pas tes goûts.

– Ne commence pas ! Tu es insupportable, tu ne mérites rien !

– Je t'ai rien demandé !

Elle me regarde avec toute la rage que je sais souvent lui inspirer. Alors je mords ma langue si fort que j'en ai mal à l'oreille. Je ne dois plus réagir même si je bous, j'ai déjà été trop loin et si j'explose, elle aura gagné.

Ma mère sourit au vendeur qui lui tend sa paire

de chaussures. Elle redevient pétillante avec moi.

– Tu verras, la jupe est très bien. J'avais la même à ton âge. Ça t'ira moins bien qu'à moi mais ça sera mieux que ce que tu portes d'habitude.

Il y a des fois où elle vise juste, je ne sais vraiment pas me mettre en valeur.

Mais ça ne devrait pas l'étonner. À force de me répéter que je n'ai pas sa beauté, j'ai fini par le croire. Je me suis rabattue sur l'intelligence que Papa valorise, même si, là aussi, il faut croire que j'ai des lacunes.

Je me sens fondre de l'intérieur et ce n'est plus à cause de la chaleur.

J'ai dix-sept ans et j'ai l'impression d'en avoir moins, d'être une vraie gamine. J'ai envie de l'engueuler et de pleurer. J'en ai tellement marre du marché, je voudrais être insolente et l'envoyer sur les roses, elle, ses chaussures, ce soleil de plomb.

Soudain, j'ai vraiment sommeil.

– Ok. »

Je ne mérite rien.

⋆

« Alors comme ça, tu as vu mon ami Leo ?

Grand-père a appuyé sa fin de phrase d'un haussement de sourcils irrité.

– Oui, il m'a dit qu'il passerait après. Il s'occupait d'abord de ses chèvres et après il passera.

Je suis assise à côté de Papa, sur le lit. Grand-père piétine dans l'encadrement de la porte. Il vient de rentrer *del campo*[1].

– Non ! Pas des chèvres. Des moutons … Et il n'a plus rien. Rien du tout ! *¡El canalla!* Si tu voyais comment il m'a laissé les oliviers …

– Comment ? demande Papa d'une voix tranquille.

Grand-père s'assied en bout de lit. Papa a deviné, il l'a poussé à nous raconter l'histoire, il ne savait pas comment nous interrompre. Je pose les mots croisés sur mes genoux.

– Je ne t'avais rien dit, mais maintenant, je te dis … Un Noël, Leo a vendu le camion. Le travail manquait, mais faut dire que c'était surtout lui qui manquait le travail ! Son beau-frère, *Paco el Ramonet*, il avait des moutons, alors il voulait en prendre la moitié pour les élever. Je suis allé à la coopérative et je vois Leo. Il dit : « J'ai tout organisé, j'ai des acheteurs, je vais voir les banques », et ses histoires. Mais il n'a pas de terrain. Sa femme, elle a de la terre, mais c'est rempli d'orangers … Alors Leo me demande de lui laisser *El Pedregal*, pour les moutons. En journée. Il dit « Comme ça, ils t'entretiennent les mauvaises herbes » et lui, il peut venir les matins pour les oliviers. « Je

---

1. Des champs.

t'amène les moutons.»

– Et comme il t'a toujours fait peine, t'as dit oui ...

Grand-père est tout penaud. Il rend des comptes à son fils comme un adolescent pris en flagrant délit d'immaturité. Les yeux de Papa pétillent, il doit rire dans sa tête.

– Mon ami de l'armée! *De la misma quinta[1]*. A Melilla, on était ...

– Grand-père ! Allez, ne change pas d'histoire ! Qu'est-ce qu'il a fait Dents-de-la-mort avec ses moutons ?

Pendant quelques secondes, je lis dans ses rides qu'il n'aime pas le surnom donné à son frère d'armes. Pourtant, les moutons dévorent vite sa tristesse.

– Comme il m'a fait peine, je lui ai laissé *El Pedregal*. Quand je venais, j'y allais, et ça allait ! Je payais la *contribución[2]* et je le laissais tranquille. Même en novembre, c'est lui qui devait faire les olives. Moi, j'avais déjà celles du *Camino*, et on ne pouvait presque pas les finir avec *la mama* et les deux filles qui nous aident. Alors j'ai dit « Si tu veux, quand tu amènes les olives, tu gardes l'huile, pour toi et ta famille »... J'ai demandé à la coopérative « Combien de litres il fait Leo ? » Et Pepe me dit que l'année dernière, il n'a pas amené d'olives.

– Et tu as été voir ...

– *¿He?*... Il l'a laissé dans un état ! *¡Una mierda!* J'ai dit « Ne reviens plus. »

_____

1. De la même promotion (militaire).
2. Impôt.

– T'as commencé à y travailler ?

– Ce matin … Ce matin, mais *Chiqueta*[1], tu devras venir m'aider, parce qu'il y a des buissons d'épines grands comme la cuisine … *¡Ayayay, los olivos de mi padre!*[2] J'avais cinq ans quand on les a plantés … Il me les a complètement étouffés. Ils ne voient même plus le soleil. J'essaierai de les sauver mais il y en a plusieurs de perdus.

– *¡Perdido está el Leo!*[3] T'es sûr qu'il l'a vendu, son camion ? À mon avis, connaissant le bonhomme, il l'a démantelé et planqué en petits morceaux pour ne pas laisser la banque le saisir.

Mon père s'amuse mais je m'inquiète.

– Grand-père? Et les moutons ?

– Uff ! … Ils sont morts.

– Oh ! Mais il a dit qu'il devait voir ses moutons !

– De son beau-frère, mais pas les siens.

– Comment tu sais qu'ils sont morts, les siens ?

– C'est qu'elles ne mangeaient plus, les pauvres bêtes ! Et avec le froid et les prédateurs … Ah, par contre, la subvention de l'État, ça oui ! Même pour des fantômes ! Camilo dit que Leo ne montait presque plus. Il le sait bien, il travaille tous les jours en face de ma parcelle … *Ayayay* … Camilo voit sa femme. « Et Leo ? - Il dort. - Comment ça, il dort ? Il est dix heures. Et les bêtes ? » … Quand on a des animaux, on se lève avant le soleil … Ce sont les pierres qu'elles

---

1. Gamine, surnom affectueux.
2. Ayayay, les oliviers de mon père !
3. Celui qui est perdu, c'est Leo !

ont mangées, les brebis ... La mauvaise herbe, elle n'a pas bougé, mais des pierres, y'en a de moins en moins.

– Il les a sûrement piquées pour décorer son jardin, ça serait pas le premier !

– *¡Espera!*[1] *Ramón el Pescater*, tu sais, qui a le terrain à côté ... Il me voit attaquer un buisson, il s'approche, il me dit « T'as pas assez de travail que tu dois voler ton ami ? » Hé ! Alors je lui réponds « Comment ça, voler un ami ? Leo ? Voler Leo ? ... Mais c'est ma parcelle ! » Et il m'appelle *ladrón*. Il me dit voleur. À moi ! Voleur, à moi ! Je-ne-vo-le-per-son-ne-moi !

– Tu connais le dicton : *Cree el ladrón que son todos de su misma condición.*[2]

– Un autre coquin ¡té!

– *¡Pues sí!*[3]

Papa redevient sérieux.

– On te l'a déjà dit que c'est une canaille, ce Leo ! Tu ne dois plus lui faire confiance... Et ne t'en fais pas ! T'as tout hérité devant notaire, non ? Alors c'est bon ! Tu peux prouver que ce terrain est à toi.

– D'accord, mais s'il raconte que je suis un voleur dans tout le village ...

– Mais Papa ! Personne n'y fait attention à ce type ! Y'a plus que toi qui lui adresse encore la parole ! Et Camilo, un autre, tiens !

Grand-père soupire. C'est du soulagement.

Il se lève, réajuste la ceinture de son pantalon. Lina

---

1. Attends !
2. Dicton espagnol. « *Pense le voleur que le reste est de sa même condition.* »
3. Eh bien oui !

l'appelle. Il sort de la chambre le cœur léger.

Je me dis qu'il a beau n'aimer ni l'Eglise ni les grenouilles de bénitier, il vient tout juste d'aller à confesse.

Un ange passe, effaçant de ses ailes les échos des grands-parents qui se chamaillent au loin.
Papa désigne d'un regard les mots croisés.

– Allez ... Revenons à nos moutons. »

(Jour 2)

Il est seize heures et déjà l'ennui.

Le repas s'est éternisé. Personne ne se lève de table car dans un instant, commence ce que Grand-Père appelle avec agacement *El Parlamento*[1].

Il a de la chance, il peut échapper aux réunions sociales de sa femme, lui. Tandis que moi, je suis obligée de m'en farcir à chaque début de vacances, pour contenter la curiosité de la famille éloignée qui y assiste.

Lina a servi plusieurs cafés, Maman a disposé des sucreries sur la table, l'étroite *salita*[2] est pleine à craquer. La séance s'ouvre, ça va brailler du potin.

Susana lance le premier commérage, sans vraiment l'assumer, comme s'il lui brûlait les lèvres mais avec un discret rire gêné.

« Tu sais qu'Angelita, la fille d'Ángela du bout de la rue, son fiancé, il l'a laissée ?

Lina est aussitôt piquée au vif.

– Bien sûr que je sais ! Je le savais bien avant qu'il y ait le trait de chaux !

J'interviens. Cette information m'interpelle.

– Lina, c'est quoi, ça, le trait de chaux ? C'est ce que j'ai vu dans la rue, ce matin, en allant au marché ?

– Oui, c'est une vieille tradition du village. C'est un lien d'amour. Quand un couple a rompu, mais que quelqu'un veut les réconcilier, par exemple, un ami ou

---

1. Le Parlement.
2. Pièce attenante à la cuisine, typique des vieilles maisons espagnoles.

celui des deux qui est encore amoureux, il dessine à la chaux blanche un trait entre leurs deux maisons. Depuis la porte du garçon jusqu'à la porte de la fille. On relie les deux familles. Ça nese fait plus trop, mais à Angelita, ce sont ses amies qui lui ont fait. Et ça ne servira à rien parce que ... »

Lina est lancée, je ne l'écoute plus. Elle me fatigue déjà. Elle sait tout sur chaque habitant de Aguas. Du moins, c'est ce qu'elle dit. Soi-disant que comme la moitié du village *"es familia"*[1] de l'autre moitié, rien ne lui échappe.

En réalité, elle s'empare de la vie des autres, en fait des pelotes, en tire quelques fils et les tricotent. C'est aussi insupportable qu'addictif, et je me demande si ma grand-mère est une dramaturge qui s'ignore ou juste une sacrée mythomane.

Tío Ximo aussi est fatigué de ses monologues alors il renchérit avec les dernières rumeurs de la mairie. Il est drôle comme personne, mais lui aussi est l'homme le plus indiscret du monde. Heureusement quand Papa est là, il parle moins, mais rit mieux.

Lina et Susana se disputent bruyamment pour le dernier bout de cake, qu'aucune des deux ne devrait se permettre de manger. Papa intervient en les chambrant : la dernière part sera pour lui. Elles rigolent et passent à autre chose, se disputant toujours pour le plaisir de s'égosiller. Papa me fait un clin d'œil et glisse son assiette devant moi. Je n'ai pas faim mais pour lui, je le savoure.

---

1. Fait partie de la même famille

La *salita* vibre. Nous sommes vraiment trop nombreux pour une pièce si petite. Mais c'est la plus éloignée de la chambre de Grand-père, qui fait la sieste.

Tío Ximo demande pourquoi il se lève chaque jour à cinq heures du matin alors qu'il est retraité. Papa répond que c'est une question d'habitude. Et que c'est sans doute le seul moment où sa femme ne lui parle pas. *Tío Ximo* rebondit et s'en prend à Lina, qui s'émoustille d'être au centre des blagues.

Papa m'explique pour la énième fois que sa mère aime les potins depuis l'enfance, car elle a longtemps vécu face au *lavadero*[1]. Sa grand-mère et elle cousaient à côté de la fenêtre, près des femmes lavant leur linge, et écoutaient les ragots les plus croustillants. Quand le *lavadero* était vide, elles débriefaient les informations ensemble puis commentaient les nouveautés avec les passantes ...

Je sais, Papa, je connais l'histoire. Et elle me gave comme toutes ces sucreries d'après-midi.

Je regarde Maman parler à Ximo, qui regarde Papa, pendant qu'il me parle et que Lina et Susana se demandent quand vont venir les sœurs de Grand-père ...

Je n'en peux plus.

Qu'est-ce que je m'ennuie !

Grand-père, tu as raison : *En el Parlamento*, tout le monde parle pour ne rien dire. Les anecdotes sont drôles, l'ambiance est chaleureuse, mais j'étouffe

---

1. Au lavoir.

de cette chorégraphie mielleuse qui se répète à l'identique deux fois par jour.

Bientôt le café de Lina sera critiqué car beaucoup trop léger, puis Grand-père ouvrira notre porte d'un coup sec, il prendra une pose de Napoléon d'opérette, il scandera vexé « Ici on ne peut pas dormir », alors sa femme se pliera en quatre pour que « mon chéri » soit aux petits oignons, et il sera satisfait après avoir raconté lentement et sans coupure une anecdote de son cru.

La même scène, rodée depuis des années, que j'observe depuis assez longtemps pour en avoir marre.

On sonne à la porte. Crapule aboie aussitôt. Lina s'agite. Ximo annonce « voilà les pénibles ». Les sœurs de Grand-père entrent dans la pièce. Ça parle fort, le chien s'égosille toujours, les murs vont s'écrouler, je suis à deux décibels d'imploser.

Tout le monde se lève pour les accueillir. Maman propose d'aller dans la salle à manger qui est plus grande. Lina est d'accord. Maman répète que nous devrions aller dans la salle à manger. Personne n'écoute plus, tout le monde se salue, se rappelle leurs dernières rencontres. Maman redit que nous serions mieux dans la salle à manger. Lina pousse doucement ses belles-sœurs qui font barrage dans l'encadrement de la porte. Elles ne bougent pas, elles s'extasient sur ma haute taille. Je pousse un peu comme Lina. Maman m'ordonne de laisser passer. J'en ai marre. Je fais du forcing. Les tantes reculent. Les biscuits changent de table, le café part se faire réchauffer en cuisine.

Me voilà à nouveau assise, sur une autre chaise, mais toujours pour un goûter, à écouter un dialogue de sourds, à plus de voix, encore à côté de Papa. J'ai de plus en plus de mal à faire semblant d'être emballée. Même Ximo ne me fait plus rire.

Depuis l'autre bout de la table, Susana me regarde fixement. Soudain, elle me parle de sa fille, Susi, un peu plus âgée que moi, qui va souvent se baigner l'après-midi, après le travail, et que si je veux, elle peut venir me chercher pour que je l'accompagne. À travers le brouhaha de plus en plus dense, je lui réponds que je vais y réfléchir …

Je m'enfonce dans mon siège, j'ai du mal à réprimer un soupir.

Papa tapote ma main et sans me regarder, me dit :

« Allez ! Va faire un tour ! Tu as assez fait acte de présence.»

Je ne me le fais pas dire deux fois, je m'enfuis dans ma chambre. Il y fait très chaud mais je préfère mourir étouffée que d'avaler un autre dessert aux ragots.

Je baisse le store pour faire croire à une sieste tardive.

Puis, je me laisse absorbée par le lit brûlant.

La chambre sature d'une tiédeur insupportable.

Le temps s'étire …

J'entends les secondes piétiner.

Elles s'allongent et s'épaississent comme l'air ambiant.

Ici, les jours avancent au ralenti, les après-midi s'engluent d'ennui.

J'aimerais tellement avoir l'énergie d'exiger davantage de ces vacances. Toute l'année à faire ce que l'on attend de moi, et quand la liberté m'est enfin offerte, je m'enferme.

Affalée.

Anéantie par la canicule.

La vie, ça ne devrait pas être des épisodes de stress intense suivis d'oisiveté déprimante.

La vie, ça devrait être dangereux, imprévisible, passionné. Des surdoses d'adrénaline, des poussées de tension, des montées vertigineuses et des descentes effrénées.

Je devrais vivre comme un train qui roule à grande vitesse, et pas comme la vache qui le regarde passer.

Mais j'ai si peu de force pour affronter l'été. Et puis, j'ai peur de tout. Alors je somnole.

Je berce mes dix-sept ans, avec l'impression d'avoir raté ma vie avant de l'avoir vécue ...

Et ce n'est pas comme ça que je vivrai quelque chose d'un tant-soit-peu intéressant. Surtout ici, dans ce village, dans cette maison. J'aime être à Aguas mais je m'y ennuie autant qu'en France. Je me demande même pourquoi, chaque année, j'attends ces vacances avec impatience ...

Peut-être qu'ici le train roule plus doucement et que la vache a de meilleures vues. Elle peut sans doute croire qu'elle va réussir à monter dans un wagon si elle se donne la peine de courir un peu ...

Alors, cours, Clémentine ! Même sans envie !

Demain, j'irai me baigner avec Susi.

(Jour 3)

La Tía Elena[1] ne parle que des fêtes d'Aguas, c'est son seul sujet de conversation. On dirait qu'elles ont été créées pour elle.

Et comme dans sa maison, ça défile depuis des heures, repas servi ou pas, peu importe, les fêtes avant tout. Ça va être comme ça pendant une dizaine de jours, à toute heure.

Des tas de quinquagénaires entrent et sortent dans un vacarme joyeux. Apparemment, la tante fait partie du comité d'organisation de je-ne-sais-pas-quoi. Elle est au courant de la moindre modification et elle donne des recommandations à tout le monde.

C'est son jubilé, elle en est plus la reine que la jeunette qui a été désignée.

Je regarde faire comme un mariage princier à la télé. Tout est très loin de moi, mais si merveilleux que je ne peux détourner les yeux. Ça tombe bien, elle n'attend rien d'autre que notre adulation.

Papa agit en spectateur amusé, il est sans doute trop habitué à ce spectacle d'illusions. Mais Maman intervient trop souvent. Elle ne se rend pas compte que nous ne sommes pas censés participer, que ça gâche le plaisir de la *Tía*, qui se venge en la traitant en faire-valoir et en lui parlant comme à une ignorante.

Maman est trop française pour tout ce folklore teinté de religion. Et puis la *Tía* est trop la sœur de Lina pour

---

1. La tante Elena

35

qu'elles puissent s'apprécier.

Ce que je préfère chez la tante de Papa, c'est sa maison. On y pénètre par une succession de petits salons richement ornés, qui occupent un grand espace sans cloison, souvenir de l'ancienne droguerie familiale. Puis, tout au fond, il y a la cuisine luxueuse et chaleureuse d'où nous observons les visiteurs se pavaner.

Sa décoration est chatoyante, souvent de bon goût, avec quelques touches de rococo.

Laine aux fenêtres, crucifix sur plusieurs étagères, bibelots omniprésents ... Cet intérieur m'accable avec volupté. Même la nappe, qui écrase les genoux quand on les place sous la table, est une lourde étoffe élégante en velours vert.

Le déjeuner y est déjà disposé, mais les hommages de la cour se succèdent encore. Les plaintes et les félicitations se ressemblent toutes, nous cessons de les écouter. Ça devient pénible. Ça commence à faire tard, même pour l'Espagne.

C'est un vrai supplice d'attendre car *la Tía Elena* est une cuisinière hors-pair, qui soigne aussi bien le goût que le visuel de ses assiettes. Elle réalise des plats classiques espagnols comme si elle les avait inventés. Sa *tortilla de patatas* fond en bouche comme les nuages ; son *plato combinado*, avec oeuf frit et côtelettes, sent l'huile d'olive et la braise ; ses *natillas* sont irrésistibles de vanille et cannelle ... Des plats que nous avons sous les yeux et que la politesse nous empêche d'entamer.

La Tía Elena me fascine, c'est une magicienne

de l'intérieur. Elle serait mon idéal féminin si elle ne m'effrayait pas autant. Elle irradie une lumière malicieuse qui persiste dans tout ce qu'elle fait, tout ce qu'elle touche, tout ce qui l'entoure. Tout chez elle, jusqu'à son sourire rusé, habite longtemps une pièce après qu'elle en soit sortie.

À sa table, nous sommes Ulysse chez Circé.

Délicieusement en danger.

Et si pour l'instant, seule Maman a été transformée en animal moqué, je sens bien que je suis la suivante. Papa est son intouchable, mais moi, je suis en sursis d'être dévorée au premier impair.

Enfin, le défilé cesse. *La Tía Elena* nous rejoint à table et pendant que nous nous servons, elle nous parle d'un curé et du concert de piano qu'il organise le lendemain.

Soudain, elle me fixe.

« Ça te plairait d'y participer ?

Je ne comprends pas de quoi elle parle.

– Au concert de piano ?

La Tía continue de me dévisager comme si je n'avais rien dit. J'attends une réaction qui ne vient pas, alors j'enchaîne.

– Mais qu'est-ce qu'il faut jouer ?

– Le morceau que tu interprètes le mieux. Il y aura du public. Et les autres joueurs sont les meilleurs élèves du conservatoire. Alors tu dois bien jouer… Enfin, tu feras ce que tu peux. Mais ça serait très bien pour toi. Tu ferais quelque chose de significatif.

J'ai l'impression de me faire piquer par une abeille

et d'être obligée d'aimer ça. J'acquiesce par politesse. Mais Elena attend que je manifeste mon enthousiasme. Papa semble voir que je suis allée racler le fond de mon âme honteuse pour lui donner satisfaction et que je n'y ai pas trouvé assez d'éclat. Alors il m'aide.

– Tu pourrais jouer le morceau d'Albéniz que tu as présenté à l'examen de fin d'année ? Tu avais eu une bonne note et tu l'as répété tant de fois, tu sais le jouer sans partition.

– Oui …

– C'est une expérience. Tu pourras dire que tu as joué en Espagne. C'est sympa !

– C'est vrai.

Je me laisse convaincre. L'idée commence même à me plaire. Albéniz fait couleur locale. Et puis, je voulais faire quelque chose de différent, c'est l'occasion.

– Et on doit jouer dans l'église ?

La Tía pouffe.

– Mais non, quelle idée ! Le concert a lieu au *Teatro*, bien entendu.

– Je crois qu'elle dit ça à cause du curé.

Elle comprend grâce à Papa et perd de sa superbe pour redevenir la gentille tante dont il raffole.

– En fait, *El Cura*, c'est son surnom. Parce qu'il l'a été il y a vingt ans. Maintenant, il travaille pour le serviceculturel de la mairie et donne les cours de solfège aux plus jeunes élèves du conservatoire. Et il est répétiteur pour le concert de demain.

Maman est aussi intriguée que moi.

– C'est étrange qu'il ne soit plus curé, non ?

– C'est toute une histoire … Il a exercé à Aguas, juste après le séminaire. Il ne devait pas avoir trente ans. Tout se passait bien. Il était très apprécié. Comme il était jeune et plutôt bel homme, toutes les jeunes filles allaient volontiers se confesser. Parmi elles, Regina, tu sais, celle qui chante comme Rocío Jurado[1] … A force de se voir, et de parler, ils sont tombés amoureux.

– Aïe !

– Personne ne savait rien, mais après coup, tout le village a compris pourquoi il avait perdu sa joie dans ses visites aux paroissiens et pourquoi il ne semblait plus aimer ses propres sermons le dimanche. Parce que finalement, le curé décida de laisser les ordres et il épousa Regina. Alors, même s'il n'est plus prêtre, on continue de le nommer *El Cura* par habitude et pour le différencier.

Quelqu'un appelle *la Tía* depuis la porte. Encore un autre détail à régler … Elle se lève et arpente le couloir aux petits salons. Nous restons seuls.

– C'est incroyable, cette histoire !

– C'est super romantique, oui !

Papa nous sourit.

– Ce qu'elle ne vous a pas dit, et qu'elle ne vous racontera pas, c'est que le curé a d'abord averti ses supérieurs de sa décision et qu'ils lui ont conseillé de ne surtout pas quitter les ordres. Mais de ne pas se priver non plus.

– Comment ça ?

---

1. Chanteuse espagnole (1943-2006) surnommée « la plus grande ».

– Eh bien, de ne pas être bête et de ne renoncer à rien. Que ça ne valait pas la peine de se marier avec elle. Qu'il pouvait aussi bien l'avoir sans sacrifier sa carrière. Ça n'aurait pas été le premier !

– C'est dégueulasse, la pauvre Regina !

– D'ailleurs, ça l'a tellement écœuré, lui qui était sincère, qu'il n'a jamais plus remis les pieds à l'église depuis. Même pour le mariage de ses filles.

– Tu m'étonnes !

– C'est pour ça que, si tu le vois demain, ne l'appelle pas *El Cura* surtout. Appelle-le par son prénom. Tu verras, c'est une très belle personne … Et c'est vrai que sa femme chante comme Rocío Jurado. »

J'acquiesce.

Cette histoire me déprime. J'ai l'impression que tout le monde a une vie passionnante, sauf moi.

Nuit 3

22 heures, dans l'antichambre de l'enfer.
Non seulement à cause de la canicule, mais parce que, cette nuit, la fête a pour thème « les jeux de société ».
À vouloir faire de longues festivités, on finit par organiser des activités de remplissage. Dans l'enfer de Dante, un des cercles est sûrement consacré au jeu de l'oie.
L'événement n'attire que les grands-parents du village. Quelques enfants aussi et leurs mères. Comme moi, parce qu'il faut bien jeter un coup d'œil à mes bambins qui jouent sur le terrain vague, à quelques mètres des tables.

J'occupe mon ennui à applaudir distraitement quand une mémé *canta bingo*[1] ou qu'un pépé gagne au *parchís*[2]. Et puis, je fais la mère.

« Bravo, bravo … Diego, ne traîne pas les pieds dans la terre, s'il te plaît ! … Nandy, tu n'as pas chaud avec cette veste ? … Ok, ok, je vous lâche.»

Je suis la pénible qui craint le pire pour ses enfants à une soirée troisième âge, tout ça parce que c'est la nuit et qu'ils sont à l'air libre … Je n'ai pas changé : j'ai toujours peur de tout.

C'est dans ces moments-là, ces anecdotes du quotidien sans grand intérêt, que Sébastien me manque le plus. Il profite davantage de l'instant présent et rien ne l'ennuie jamais. . Il sait faire avec « la vie de tous les jours » alors que je ne l'apprécie qu'avec le temps, quand elle devient nostalgie. J'admire sa facilité à prendre les choses comme elles viennent et à les effacer aussi vite, sans

---

1. Litt. « chante bingo » : gagne au loto.
2. Jeu des petits chevaux.

s'attarder sur le moindre regret.

Lui n'aurait pas été debout dans un coin du terrain vague, à se préoccuper pour ses enfants qui jouent de plus en plus loin ; mais dans la rue, assis sur une chaise, face à un échiquier et un petit vieux avec qui il aurait aussitôt sympathisé.

Ce que je fais par obligation, Sébastien le fait naturellement. Il est ma part sociale et je dois composer sans, le temps qu'il nous rejoigne. Pas avant une bonne semaine, et encore, ça dépendra de sa boîte …

Il me manque, même si j'aime assez quelques nuits en célibataire. Pour sa façon d'être, mais aussi parce que les vacances ici, sans lui, pendant les fêtes, ça réveille ma part risquée, ma mélancolie envahissante …

Sébastien aurait eu raison de s'amuser. Malgré mes pronostics, la soirée est une réussite. Je ne comprends vraiment pas pourquoi ça mérite de fondre sous les étoiles, mais la cible est ravie. Ça change des programmes de télé médiocres entrecoupés d'interminables pages de pub !

Depuis qu'il n'y a plus de marché, il ne reste que ça pour se retrouver ensemble et alimenter leurs futurs ragots. Ils se les raconteront dès demain soir, en cercle, devant une porte. Ça parlera de qui a parlé de qui, qui portait quoi, qui a gagné quoi … Qui, qui, qui. Toujours la vie des autres de peur d'user la sienne.

Tout le village a ses *Parlamentos*. Ça me déconcerte.

C'est donc ça, être adulte ? Éteindre la passion et la curiosité ? Se condamner à vivre au rythme des séries télé, à compter chaque muscle qui lâche et les cases qu'il reste à franchir pour gagner aux petits chevaux ? Attendre la mort sur le pas de sa porte tout en parlant des uns et des autres ?

J'appelle les enfants et leur dis de rentrer, parce qu'il est tard. Comme ils protestent, je répète cette phrase de

Grand-père qui m'énervait tant à leur âge : *Mañana será otro día.*[1]

Non, pas une minute de plus, n'insistez pas, je ne céderai pas. Ce qui suit me fatigue par avance : la douche, le pyjama, les dents, raconter une histoire à Nandy, écouter les aventures de Diego ... Votre soirée est si intense que vous ne voulez pas en perdre une seconde.

Mais, moi, je sens à nouveau l'ennui de ces vacances me cheviller au corps. Soudain, je n'ai plus la force pour m'occuper de qui que ce soit. J'ai besoin de ranger le costume de mère pour aujourd'hui.

Je me supporte à peine. Seulement trois jours ici et déjà mes pensées m'épuisent.

Vais-je le revoir pendant ces fêtes ? En ai-je envie ? Ou pire, besoin ? Comment réagir si je tombe sur lui par hasard ? Et si je ne le croisais pas ?

Les souvenirs se fondent dans le présent et la seule idée de lui me donne des symptômes de canicule. Ça me grignote l'appétit, le sommeil et l'enthousiasme.

Les enfants sont plein d'entrain et je me sens si apathique.

Déjà en marge de la vraie vie.

Obnubilée par l'avancée de pions fantômes sur un plateau de jeu.

---

1. Demain sera un autre jour.

(Jour 4)

La salle de concert est mal éclairée.

La moquette marron des murs, du sol, le velours kaki des fauteuils, les ampoules jaunes, je force la vue, il est dix-neuf heures, on n'y voit rien.

L'amphithéâtre n'est pas bien grand mais l'estrade est très haute. J'ai bien fait de ne pas mettre la jupe de Maman … El Cura s'approche de moi, tout sourire.

« Prête ? Assieds-toi au premier rang, avec les autres. Tu passeras après Noemí, qui est là … *¡Mucha mierda!* »

Il s'éloigne. Je commence à sentir le trac monter.

Noemí parle avec une femme qui doit être sa mère. Elle me regarde mais sa gaminerie décide de ne pas me saluer. Nos répétitions de l'après-midi ont été définitives : on ne peut pas se blairer.

Au premier rang, il y a Lola, l'autre fille que j'ai rencontrée aujourd'hui, celle qui ne joue pas mais qui assiste El Cura. Elle rit avec un beau garçon un peu plus âgé. Quand nos regards se croisent, elle me sourit avec bienveillance. Son copain aussi.

Elle en a de la chance, d'avoir un copain …

Je m'assois à quelques sièges d'eux. J'attends.

L'estrade est vraiment très haute.

Je regrette ma tenue. Trop étudiée et pas assez moi.

Lola est tellement belle en jean et tee-shirt blanc.

Moi, je suis ridicule, et je dois jouer après le petit singe savant de Noemí.

Et la famille n'est pas encore là, je suis toute seule.

J'ai dit à Maman de se dépêcher, mais comme d'habitude, je me suis faite engueuler. Et que je dois arrêter de me prendre pour une star, qu'il n'y a pas que moi et que ce n'est pas le concert de l'année non plus. Je me suis sentie nulle, j'ai mis la tenue qu'elle me proposait, et maintenant, je suis mal habillée et je culpabilise d'avoir culpabilisé …

Papa et les grands-parents sont en famille, je ne sais plus chez qui, j'espère qu'ils ne tarderont pas.

L'amphithéâtre se remplit et tout le monde s'interpelle. Je les entends derrière moi, ça me stresse d'avoir tant de voix dans le dos.

C'est étrange, les narines me piquent … Non ! Je saigne du nez ! Je vais m'en mettre partout. Déjà que je suis fringuée comme une petite fille modèle, alors avec une tâche de sang sur la cuisse, c'est trop la honte … Un mouchoir dans mon sac ... Il faut mettre la tête en arrière … Ou pas, je ne sais plus.

Le copain de Lola me regarde, lui dit quelque chose en me fixant et elle se retourne vers moi, l'air inquiet. J'aimerais tellement être ailleurs.

« Ça va ?

– Oui, oui … Ne t'en fais pas. »

J'ai chaud.

L'estrade m'écrase.

Je n'ai jamais autant ressenti mon âge.

La famille arrive. Maman est avec Papa, Grand-père et Lina, ses sœurs imposantes et leurs maris nonchalants. Ils me font un signe et des clins d'œil en passant. J'entends derrière moi qu'ils choisissent minutieusement leur file : pas trop près pour ne pas m'intimider, pas trop haut « il fait vraiment trop chaud ».

Les tantes me traumatisent. Je me rends compte que je suis habillée comme elles, en cocotte endimanchée. Comme une femme du public, engoncée dans son siège kaki. Comme Noemí avec son uniforme lisse du Conservatoire. Mais pas comme Lola et son copain ou les autres pianistes, assis sur les accoudoirs, rieurs, légers en attendant le début de la corvée.

Moi, je suis la fille qui saigne du nez parce qu'elle a chaud et qu'elle a le trac, qui s'habille mal et se désole toute seule dans son fauteuil. Je redoute ces deux minutes et demi que représentera mon morceau pathétiquement joué par moi, qui n'aime pas spécialement le piano. J'ai tristement conscience que ça ressemble fort à l'expérience la plus exceptionnelle de toute ma vie et que je n'en éprouve aucun plaisir.

El Cura monte sur l'estrade. Aussitôt les pianistes s'installent correctement dans leurs sièges.

« Chers amis de Aguas, c'est un grand honneur pour moi de présenter ce soir la sixième édition de ... »

J'entends sa voix douce et posée, je ne l'écoute pas. Elle a l'effet d'une berceuse dans la chaleur de l'amphi-théâtre. Je m'accroche à mon petit programme tordu par mes doigts.

Ils sont sept avant moi. Deux après moi. En fait, non, un seul, mais qui jouera deux morceaux. Nous sommes classés par ordre d'expérience. Noemí me précède à cause d'un an de piano mais elle est plus jeune que moi et ses années d'uniforme comptent triple. *El Cura* nous a mal distribués. Je suis déjà la risée de moi-même.

Sept avant moi …

Le premier commence. Il a six ans et ses pieds flottent au-dessus des pédales. On sent qu'il effleure plus qu'il n'enfonce les touches. C'est mignon, c'est étudié, il est content, la salle applaudit, il s'en fout.

Six, puis cinq. C'est mieux, elles sont plus âgées.

Six remonte. Elles jouent un morceau à quatre mains. Elles sont copines, *El Cura* leur a fait plaisir.

Quatre, trois, deux. Ils jouent mieux que moi. Ils ont deux ans de piano de moins. Alors soit ma prof est nulle, soit je ne suis pas douée. Heureusement que j'ai choisi mon morceau d'examen final. Je l'ai énormément travaillé et je le connais parfaitement.

Les morceaux sont courts. Je n'écoute pas. J'essaie de mesurer la tôle que je vais prendre. Je compte les passages. Je vérifie dans le programme. Je compte pendant qu'ils s'amusent. Le public applaudit.

Un. C'est Noemí.

Apparemment elle a six ans d'instrument mais treize ans d'orgueil maternel. Elle est autant blasée que je suis stressée. Elle s'installe au piano et pour la première fois ce soir, le banc est exactement placé comme il faut. Elle attaque et d'en bas, je vois ses petits doigts dactylographier Bach.

C'est chirurgical. Une mécanique virtuose et sous son masque de concentration, je me demande à quoi elle pense.

Elle finit, une révérence, des applaudissements.

Elle a bien joué, je passe après, je la déteste.

C'est mon tour. Je dois exécuter Albéniz.

El Cura me présente, il raconte comment le hasard m'a mené là et dans sa gentillesse, il semble plutôt dire que le destin leur a offert ma présence... Il sourira moins dans deux minutes et demi !

Je me lève et je m'avance des escaliers. J'ai bien observé à quel moment les autres pianistes se déplaçaient sur la scène. Même marcher, j'ai peur de mal le faire.

J'espère que je ne me suis pas levée trop tôt.

J'attends au pied de l'estrade.

Je suis étonnée, mes jambes me portent.

Mes doigts fondent, et c'est bien ça le pire.

El Cura descend. Je monte. J'ai beau fixer l'instrument sacrifié, je vois de côté la salle kaki. Je m'assois, avance le banc, appuie sur la pédale de résonnance pour ajuster la distance, je recule le banc. Je pose mes mains aux bords des touches. Je souffle. Elles se crispent enfin. Je joue.

Pauvre beau piano à queue qui ne méritait pas une élève du dimanche.

Pauvre Albéniz qui composa le morceau préféré de mon grand-père « mais uniquement à la guitare, ça c'est beau ».

J'y mets tout mon cœur, je sens bien que ce n'est pas assez. Dans mon morceau, il n'y a pas la douleur d'une Espagne, il y a ma douleur à moi, celle de mes doigts incapables et de tout ce piano que je ne sais pas jouer.

Bon, j'ai fini. Le mal est fait.

J'ai joué comme à l'examen qui a validé mon année d'apprentissage. C'est suffisant pour la majorité du public, mais je sais que les pianistes ne s'y tromperont pas.

La boule au ventre s'estompe et mes doigts soupirent de soulagement. Voilà ... Je pourrais au moins me vanter d'avoir participé à un vrai concert.

El Cura présente le dernier musicien.

La salle s'agite soudain. *"Aaaaaah"*

Apparemment, nous étions les amuses-bouches, il sera le spectacle. Il jouera même deux morceaux. Il a changé au dernier moment le second. Il fera une improvisation à partir de je-ne-sais-quoi.

El Cura parle mais le pianiste n'est toujours pas au pied de l'escalier. Je me retourne, je ne vois personne dans l'allée y conduisant.

El Cura l'appelle. La salle scande son prénom : Sergi.

Même Noemí tape des mains en automate, elle est déchaînée !

El Cura descend. Je me retourne encore, et je vois un jeune homme, genre universitaire, debout au milieu d'une rangée du haut, qui se fraye un chemin pour en sortir. Toute sa file crie, applaudit, un gars lui pince une jambe, il rit. C'est sa bande d'amis ou plutôt son fan club.

Il monte tranquillement sur la scène. Si calme ...

C'est à se demander ce qu'il fait là.

Il s'installe et il joue.

C'est hallucinant.

Comme si la musique naissait en lui.

Il étale les sons comme on ouvre un éventail.

Fluide comme l'eau qui caresse les galets, et de temps en temps, un ricochet, un couperet, une émotion.

Je ne reconnais pas le morceau, c'est de tous les compositeurs à la fois.

Il joue vite, parfois très vite et même ses silences sont habités.

Les notes sont là où elles doivent être et même répétées à l'infini, elles sont, à chaque passage, nouvelles.

Il invente sa propre gamme.

Ses yeux suivent et parfois s'évadent loin des mains. Ils sont durs mais ils sont doux. Du bois et de l'acier.

Il est au-delà de la technique et de l'interprétation.

Il joue.

Il joue du piano, il joue avec le piano, il joue dans sa tête, il se joue de nous.

Il joue.

Il finit sur un coup sec.

Il reste replié sur le clavier, les doigts enfoncés jusqu'aux cordes.

Doucement, il se lève.

Il salue le public qui l'ovationne. Leurs applaudissements me rappellent que je dois respirer.

Il salue à nouveau, même s'il doit y retrouver le piano pour un second morceau. Il se penche vers nous.

Et en se relevant, il me regarde, droit dans les yeux et un petit sourire aux lèvres.

J'ai honte d'exister.

Nuit 5

Ça fait une heure trente que les enfants jouent dans la rue. Une heure trente que je les surveille, depuis ma chaise d'ennui, écoutant d'une oreille distraite les conversations des voisines. J'aimerais bien faire autre chose. Lire face au ventilateur, par exemple. Ici l'air est chaud et humide. Mais c'est une heure trente qu'ils ne consacrent pas à s'exploser les yeux devant leurs écrans, alors je leur dois bien ça.
Ils s'amusent comme ils ne le faisaient plus depuis longtemps. À des jeux simples et avec une bonne dizaine de gamins de leur âge. C'est une heure trente qui compte triple, voire plus. Du temps qui devient souvenir.

Aguas n'a pas bougé depuis mon enfance et finalement, ça a du bon. Il n'y a plus que dans les petits villages que l'on joue à la marelle, au ballon et aux billes dans sa rue.
Bientôt, ce sera l'adolescence et les hormones qui compliquent tout. Alors qu'ils profitent des derniers instants d'insouciance …

Quoique Diego me semble très préoccupé du sort de Luisa. Parmi toute la marmaille, elle est la première qu'il regarde quand il rit. À chaque sourire, chaque petite victoire, c'est elle que ses yeux cherchent aussitôt. C'est un signe qui ne trompe jamais : mon fils est amoureux.

« Demain, c'est *la Misa del Año*[1] pour *tu tía Elena.*»

Cette phrase me replonge dans le groupe des voisines qui m'entourent.
Un an qu'elle est décédée, un an que l'Église célèbrera demain en quelques minutes.

Déjà un an …

---

1. Messe anniversaire.

C'est étrange, je réalise que le temps ne passe vite que lorsqu'on ne pense pas aux gens. Les fantômes n'habitent nulle part, les souvenirs vivent partout.

J'ai appris sa mort et sa place au cimetière a effacé que, pendant nos vacances en famille, sa maison était pour moi le centre du village. J'ai oublié qu'elle me fascinait tant. Elle est morte parce que je n'y pensais pas.

Elena …

Il y a bien un jour que ma mémoire n'aurait pas dû effacer, peu après le concert qu'elle m'avait survendu et qui a changé le cours de ma vie.

Le jour où je l'ai vue pleurer devant sa télé.

J'étais restée après le repas pour l'aider à ranger la cuisine. Elle m'y avait laissée alors qu'elle avait déjà beaucoup fait et s'était assise dans un de ses salons lointains, avec un café au lait, devant la télé que j'entendais s'agiter.

Je voulais la rejoindre pour l'avertir de mon départ, priant pour qu'elle me lance son air malicieux qui effaçait toujours mes scrupules à la fuir.

Mais son regard fixant sans ciller le petit écran m'avait choquée. C'était la première fois que je voyais une personne de son âge en pleurs. Ni mes grands-parents, ni les voisines de la rue. J'en avais déduit qu'en vieillissant, le cœur s'atrophiait ou se durcissait, ou peut-être, qu'il s'emplissait d'une sorte de sagesse indolore. Quelle erreur !

Je m'approchai à peine, respectant encore une distance pudique.

Je n'ai jamais aimé interrompre la tristesse, surtout quand elle n'a pas encore touché le fond. Ça ne se fait pas : le malheur, c'est intime. Mais j'étais si étonnée de découvrir ces émotions chez elle, qui avait toujours l'air dans le contrôle, voire même, le calcul.

Depuis ma position, je ne percevais que quelques-unes des

images qui la torturait. Mais grâce à la voix off et l'heure, je devinais qu'il s'agissait du journal télévisé régional. Ça parlait d'un député qui avait beaucoup fait pour sa circonscription, un homme impliqué dans son parti, remonté contre les autres, marié, trois enfants, que des garçons, tous bien placés, sérieux mais serviable, quelques polémiques politiques, mais rien de répréhensible, une perte inattendue, un infarctus en traître.

Et puis la présentatrice qui racontait la dignité de ses funérailles et passa sans transition à un autre sujet.

La Tía se pencha soudain pour déposer son café au lait par terre. Ce détail m'interpella, elle qui insistait si souvent pour que j'utilise les sous-verres des tables basses …

Elle restait recroquevillée, la tête sur ses genoux, la tasse remplie à ses pieds, et je voyais son buste plié se soulever par saccades.

Elle sanglotait.

Un désespoir tel que je ne savais qu'en faire.

Alors j'attendais sans bouger, gênée par la nudité de ses sentiments, fâchée contre moi-même d'avoir cru qu'elle n'en avait pas.

Les minutes sont longues face à quelqu'un qui souffre.

J'osais à peine respirer.

Puis elle releva enfin son visage et je découvris qu'elle n'avait plus l'âge de ma grand-mère, ni celle d'être la tante de qui que ce soit.

Elena n'avait plus que le mien.

Tout juste dix-sept ans.

Celui d'une jeune fille au regard noyé, qui pleurait comme on perd un grand amour.

Elle était si belle, sans le fard des conventions sociales.

Mais si malheureuse. D'une douleur profonde et pure, qui jaillissait après avoir été enfouie pendant des siècles …

Jusqu'à ce que son corps se lasse d'être à découvert.

La télé continuait de réciter ses monologues insipides.

Ses sanglots s'estompaient.

Ses yeux se séchaient enfin.

Son visage laissa apparaître une à une ses rides, où il me semblait désormais lire des décennies de regrets.

Je ne crois pas que l'on racontera ça lors de sa messe anniversaire. Le prêtre évoquera ses nombreuses facettes, comme autant de masques créés sur mesure, pour tout avoir sous la main, gérer, surveiller, manoeuvrer. Mais qui sait ce qu'elle était intimement ? Son âme nue, sa vérité brute. Tout ce que l'on apprend à cacher après l'avoir offert une première fois, puis perdu.

La Tía Elena qui m'impressionnait tant …

Elle a eu un chagrin d'amour comme moi.

Je regarde Diego qui parle à Luisa.

Leurs dix ans enthousiastes, les balbutiements de ce qui s'appellera passion un jour et la magie qu'ils ignorent avoir …

Jouez aux billes, ne soyez pas pressés.

L'amour, ça finit toujours par des pleurs devant une télé.

(Nuit 6)

Pour moi, les fêtes commencent avec *la fiesta de la espuma*[1].

Ce soir.

Enfin.

L'estrade est déjà installée, la rue deviendra bientôt piste de danse.

Ce n'est qu'un bal de village, une *verbena*, mais dans sa version attrayante : une soirée mousse. Personne ne remarquera personne, tous recouverts de bulles de savon, enrobés de rythmes assourdissants.

Mais je fonde beaucoup d'espoir sur cette nuit. Je dois absolument effacer ma honte du concert. Danser, c'est mon seul talent, la seule chose qui me rend heureuse, ma seule occasion de briller un peu.

Le souvenir de ce concert est une telle torture. Je me sens rougir de l'intérieur en permanence … Si j'avais été la dernière à passer, je me serais remise de ma médiocrité. Mais il y a des publics dont le jugement ne s'oublie pas. Et il y a un regard énigmatique qui me poursuit et que, ce soir, je veux obtenir, rattraper et définir en ma faveur.

J'ai payé cher l'opportunité de me faire des copains. Il aura fallu cette démonstration de mon amateurisme pour que Mari et Bautista me remarquent. Cinq jours à visiter toute la famille et pas une tante pour avertir mes cousins de ma présence !

---

1. La fête de la mousse.

Ce n'est pas grave. Désormais, je passe mon temps avec eux et leur bande.

Le matin, j'appartiens toujours à ma famille parce que les copains travaillent. Mais je les rejoins dès seize heures jusqu'à tard dans la nuit.

Pendant le *Parlamento*, Susi me siffle depuis sa fenêtre. Je sors dans le patio et je lui crie sans la voir *"Ya voy"*[1]. C'est le signe que l'on se retrouve dans la rue.

Hier, tout à l'heure, et pour toutes mes vacances …

Le sifflement de ma liberté.

Les parents n'ont étrangement rien trouvé à redire. Je devais peut-être les fatiguer, parce que la sortie d'hier s'est prolongée jusqu'à deux heures du matin et je n'ai pas reçu la gueulante que j'attendais. Au contraire : aucun reproche, aucune mention à mes études que j'allais rater si je ne me concentrais pas, aucune possibilité d'une tragédie imaginaire décrite en détail par Maman. J'ai obtenu, sans même la demander, la permission de garder ce rythme jusqu'à notre départ. Sans doute parce qu'ils connaissent Susi et qu'il y a les cousins dans la bande. C'est inespéré ....

Et la soirée était si merveilleuse !

J'exagère sans doute, parce qu'il ne s'est absolument rien passé d'inusuel. Mais d'être parmi une dizaine de jeunes qui riaient, discutaient et mangeaient des glaces, devant le pub du village … Rien que ça … Suis-je stupide d'avoir été heureuse en ne pensant à rien ?

---

1. J'arrive !

J'ai retrouvé Lola et son copain Adri, aussi sympathiques qu'avant le concert.

J'ai été chouchoutée par *el primo*[1] *Bauti* et sa sœur Mari, qui m'ont présentée comme si j'étais l'ambassadrice de *"París de la Francia"* à chacun de leurs amis d'enfance !

Rosario la fumeuse, Mario le timide, Rafa le blagueur, Jero le fiancé de Susi.

Et puis le pianiste. Sergi.

Même son prénom me fait rougir. Je n'ai pas osé l'appeler une seule fois de peur que ces quelques lettres me dénoncent. C'est un prénom qui s'ouvre dans un susurrement et se finit dans un sourire. Le prononcer est un aveu. Face à lui, je suis déjà en pleine confession, à mon corps consentant.

Il dégage une douceur rieuse qui me bouscule et me panique. Une tranquillité menaçante que sa voix grave accentue. Il ressemble à ces eaux qui dorment et dont il faut se méfier …

Mais c'est plutôt moi que je devrais craindre, j'ai une aptitude insoupçonnée à tout gâcher. Quand Susi me l'a officiellement présenté, j'ai serré la main qu'il me tendait et je suis restée bêtement muette.

« Tu ne veux pas me dire ton prénom ?

J'ai répondu fébrilement, en le gardant sous sa forme française : Clémentine.

Il a été surpris, j'ai dû répéter et insister sur sa prononciation. Vraiment, Maman, quelle idée, ce prénom !

J'ai craint une remarque quelconque ou une blague

---

1. Le cousin

désobligeante, mais Sergi n'a pas davantage relevé.

– Très bien. Maintenant, je sais deux choses de toi : comment tu t'appelles et comment tu joues du Albéniz.

Je ne m'attendais pas à ce qu'il me fasse la conversation et je n'ai rien trouvé de mieux à faire que de me justifier.

– Ce n'était pas facile de passer après la petite …

– Et aussi avant moi.

Il a dit ça le plus naturellement du monde, sans aucune prétention. Comme un fait indéniable.

– C'est vrai que tu joues bien. Comment tu fais ?

– Comment je fais ? Je ne sais pas … Dis-moi, comment tu fais, toi, pour parler deux langues ?

– Je ne fais rien, j'ai appris quand j'étais petite. Je n'ai pas dû m'entraîner comme pour le piano. C'est venu sans effort. C'est naturel.

– Pour moi aussi, c'est naturel.

– Mais tu dois beaucoup t'entraîner, non ?

– Ce qu'il faut.

– Mais comment tu fais pour improviser aussi bien ?

Pourquoi est-ce que je parle autant quand je suis stressée ? Alors que mon état naturel est de rester des heures en silence ! Devant lui, il a fallu que je vomisse mes pensées et mes questions stupides.

Il m'a pourtant répondu.

– J'écoute des musiques et quand je sais que je peux les améliorer, je le fais.»

Puis, il s'est retourné et a parlé à quelqu'un d'autre.

Voilà notre seule conversation.

Je l'ai saoulé avec quelques phrases. Il a cru que j'étais intéressante, il a tenté un rapprochement et je n'ai su lui montrer que ma logorrhée insignifiante. Après quoi je n'ai plus eu un seul regard, ni un mot de sa part de toute la soirée.

Je peux faire mieux.

Je dois faire mieux.

Ne sois pas la vache devant les rails …

Tu veux ce wagon, monte dans ce wagon.

Dans quelques instants, il sera ici, près de l'estrade, de la sono et de la machine à mousse … Je ne pense qu'à ça et à mon envie insensée d'y penser.

Les gens commencent à s'agglutiner, surtout les enfants qui courent et gâchent mon attente. Il y a déjà de la musique, mais pas encore le groupe qui doit jouer. Dans quelques minutes …

La bande n'est pas encore arrivée. Je les ai quittés avant le dîner, je voulais me préparer pour me sentir jolie ce soir. Je ne suis toujours pas comme Maman, mais j'ai fait au mieux. Est-ce que je serais suffisante ? On verra bien.

Ces enfants sont pénibles à me tourner autour ! Parfois ils me bousculent, on dirait même qu'ils le font exprès. Je me rabats sur le trottoir. Peut-être veulent-ils être devant la scène, au plus près de la mousse, et je les gêne.

Une des gamines me suit et continue de passer devant moi. Aller, retour, aller, retour … C'est ridicule, mais à chacun de ses passages, elle m'oblige à reculer contre le mur d'une maison. Malgré sa dizaine d'années, elle me toise sans honte. J'ai presque le double de son âge et c'est elle qui m'intimide.

Soudain, elle s'arrête, alors que je suis adossée à la façade, et elle me parle avec agressivité.

« C'est toi, la Française ? Oh ! Je te parle. C'est toi ?

Surprise, je réponds oui.

– Les Français, ils ont renversé le camion de mon père. Il a perdu toutes les fraises. C'est de ta faute, la Française !

Mon âge prend le dessus. Cette accusation est d'un ridicule ! Malgré son air décidé, je détourne le regard sans lui répondre. À quoi bon … Il y a effectivement eu des soucis entre agriculteurs à la frontière, mais quel rapport avec moi ? Ici, je suis française. Là-bas, je suis espagnole. Mais je ne transporte de fraises nulle part, alors qu'est-ce qu'elle me raconte ?

La gamine prend très mal mon attitude et se met à me bousculer. Les autres enfants, sentant le conflit, s'approchent. Certains se mettent à crier *"Pelea, pelea"*. Alors d'autres accourent aussitôt : cette « bagarre », c'est trop tentant. Surtout qu'il y a désormais de nombreux adolescents, d'environ quatorze-quinze ans.

Je suis seule contre un mur, encerclée par une trentaine de garçons et de filles qui ricanent et me chahutent. Je ne comprends pas comment ça a pu se passer. Que faire pour m'en sortir ? La plupart se contentent de rire et de scander *"Francesa"*, mais certaines filles plus âgées me touchent du doigt et se moquent quand je les écarte.

Je regarde autour de moi et je remarque quelques adultes de l'autre côté de la rue. Ils observent d'un air désapprobateur, mais personne ne s'approche pour m'aider.

J'entends vaguement quelqu'un crier « laissez-la », mais rien d'autre. Je vais devoir me débrouiller toute seule. Je suis nerveuse, mon cœur bat la chamade.

Je voulais juste danser, dans la mousse, et qu'il me regarde … Maintenant, j'en suis à prier pour qu'il n'arrive pas avant d'avoir réglé cette histoire.

Je réfléchis. Puisque tout a commencé avec la première fillette, c'est elle que je dois neutraliser. Je lui parle en tentant de me frayer un chemin à travers son groupe.

– Je ne t'ai rien fait, ni à ton père. Pour les fraises, je n'y suis pour rien. Laisse-moi, va jouer ailleurs.

Évidemment, de lui parler gentiment, ça ne sert à rien. Ou si, à l'énerver davantage.

J'ai réussi à avancer de deux mètres, mais les enfants m'entourent toujours. Je tente de les pousser, sans leur faire mal, parce qu'ils me gênent, mais ne m'agressent pas vraiment. Je n'y arrive pas.

Soudain, ils s'écartent d'eux-mêmes. S'approche un garçon, sans doute de mon âge, mais baraqué et à l'œil mauvais. Tous le laissent arriver jusqu'à moi. Je suis au centre d'une arène humaine face à une brute épaisse.

– Laisse ma sœur tranquille, sale Française ! Je sais où tu habites, j'ai pissé sur ta porte. Rentre chez toi si non je crève les pneus de ta voiture ou je tue ton chien.

Les gamins rient à gorge déployée et scandent ce que je suppose être son prénom, Iñaki. Je suis étourdie par la musique, leurs cris et les visages adultes que je vois au loin et qui ne bougent pas. J'entends aussi un *"fuera, Francesa"[1]*, puis *"vete a la mierda"[2]*.

Ce garçon, cet Iñaki, a ma taille, mon âge, une force que je n'ai pas et un regard de psychopathe qui me paralyse. Je crois qu'il le sent parce qu'il sourit presque. Je tente de trouver une solution, je les regarde tous, ces gamins qui ne me connaissent pas, mais avec qui je partage sûrement des gènes, puisque tout le monde à Aguas est de la même famille …

Je ne dois surtout pas pleurer, ni montrer que j'ai la haine.

Et puis j'entends quelqu'un hurler « Tue le chien ».

Alors je vrille.

Je me lance sur Iñaki. Je le tape au torse. Il recule d'un pas à chacun de mes coups légers. Il n'a pas mal, ce n'est que de la provocation, mais ça l'étonne.

– C'est ça que tu veux ? Moi aussi je peux te menacer. Je vais même t'en mettre une ! Allez, vas-y, tape-moi ! *¡Imbécil! ¡Caraculo![3]* Tape une fille, vas-y ! *¡Tócame y te parto la cara, gilipollas![4]* »

J'en tremble de lui sortir ces grossièretés et toutes celles que je connais en espagnol mais que je n'emploie jamais. L'adrénaline dévoile la rage que je couvais

---

1. Dehors, la Française !
2. Va te faire foutre.
3. Imbécile ! Tête de cul !
4. Touche-moi et je te pète la gueule, connard !

mais ne soupçonnais pas.

Je bouscule Iñaki de plus en plus fort. Il a complètement changé de visage. Il montre désormais celui que moi-même j'avais avant ma métamorphose.

Il n'imaginait pas que la Française en mini-short et Pataugas à talons pourrait répliquer. Moi non plus. J'ai très envie de le gifler, même de le cogner. Je me retiens, je ne suis pas comme ça.

Ma défense musclée a enfin réveillé les adultes de la rue. Ils viennent réprimander les gamins qui se dispersent, puis s'interposent entre Iñaki et moi.

Je suis très énervée contre eux aussi. Si je m'écoutais, je les insulterais davantage.

Je tremble, je suis en sueur, je veux rentrer chez moi, tant pis pour la mousse, la danse, Sergi. C'est stupide de toute façon, il s'en fiche de moi. Je suis une Française de passage et on a renversé les fraises des camions.

Je prends la direction de la maison.

Mais à une vingtaine de mètres de l'atteindre, je tombe sur Mari.

« *Prima, ¿qué te pasa? ¿Estás bien?*[1]

– Oui, ça va. Je me suis bagarrée avec un crétin, mais rien de grave. Je rentre à la maison.

– Non ! S'il te plaît, reste ! Attends, assieds-toi là, je reviens.

Je suis tellement nerveuse que je ne réponds pas, je m'assois sur le banc qu'elle m'a désigné. Je la regarde s'approcher de l'estrade et demander ce qu'il s'est passé aux adultes présents. On lui raconte. Elle fait de telles

---

1. Cousine, que t'arrive-t-il ? Tu vas bien ?

mimiques d'étonnement, puis d'énervement, que ça me fait sourire et mon rythme cardiaque se ralentit.

Elle revient vers moi, plus agitée que je ne le suis désormais, mais s'arrête à nouveau …

Non ! Les copains sont là. Je distingue Bauti, Mario et Rosario. Mari s'approche de son frère, elle lui raconte. Alors Bauti me regarde pendant que Mario me rejoint à grands pas. Tout inquiet, il me demande :

– *¿Estás bien?*[1]

Je me lève du banc.

– Oui, tout va bien. Il ne m'a pas frappée. Il a juste voulu m'intimider.

– Il est fou ! Comme sa mère. Tu veux que je m'en charge ?

– Non, ce n'est plus la peine … Au contraire, je n'ai pas envie d'en rajouter. »

Sur l'estrade, les musiciens s'installent pendant que la chanteuse parle dans le micro et présente son groupe. La soirée mousse va commencer …

Je n'ai plus du tout envie d'en être.

Je me rappelle que la porte de la maison est sale d'urine, je devrais rentrer la nettoyer avant que les parents s'en aperçoivent. Et comment vont-ils réagir en apprenant que je suis le thème du prochain *Parlamento* ? La fille bagarreuse, ça ne rentre sûrement pas dans le cahier des charges que je dois respecter.

Perdue dans mes pensées, je n'ai pas remarqué que derrière moi, se tiennent tous les copains.

Bauti, Rosario, Susi, Jero, Rafa, Adri, Lola.

---

1. Ça va ?

Sergi.

Tous parlent d'Iñaki et de la bagarre.

Lui aussi.

Je ne sais plus où me mettre … Nulle part, puisqu'il vient près de Mario et moi.

« Alors, ça te prend souvent de bastonner les garçons de ton âge ?

Il me taquine. Il a un large sourire. C'est la deuxième fois qu'il me fait fondre de honte. En à peine quelques secondes …

– Non … Mais lui le méritait.

– Si on se voit demain, tu vas m'en coller une ?

Et de trois.

– Demain ? Où ?

– À la présentation de la Reine. Ce soir, je ne reste pas. Les bals, ce n'est pas mon truc … Tu viendras aussi à mon concert.

Et de quatre.

– Ah.

– Oui, tu as besoin d'un cours de piano !

J'éclate de rire, lui aussi.

– Je jouerai spécialement pour toi.

Et de cinq.

– Merci, Je serai attentive.

– Bon allez, je rentre.

Sergi fait un geste d'au revoir à la bande et s'éloigne seul.

Je m'empêche de le regarder partir et me concentre sur Mario qui me demande une fois encore si je vais bien.

– Oui, mais moi aussi, je vais rentrer. Je suis

fatiguée, j'ai besoin de me reposer. »
    Je souris.
J'ai menti.
En vrai, ce qu'il m'arrive, c'est Sergi.
Je veux être seule pour penser à lui.

Jour 7

J'ai l'impression de descendre *la calle de la Capilla*[1] sur la pointe des pieds. La pente est si raide que mes chevilles doivent s'allonger et mes mollets se durcir pour freiner le corps titubant qu'ils soutiennent. Diego et Nandy, eux, se précipitent comme si la gravité n'existait pas.

Nous dépassons le *Calvario* qui surplombe la partie basse du village. C'est de loin la meilleure vue de Aguas. Il y a une douzaine de petites chapelles en pierre qui mènent jusqu'à l'église. Des petites cabanes ouvertes qui servent de balises au chemin serpenté, avec dans chacune une bougie et une mosaïque de *La Pasión de Cristo*. Dans quelques jours, les fêtes se clôtureront avec la promenade annuelle d'une idole maigrichonne fixée sur une croix en carton pâte …

« Ne sois pas méprisante. Respecte les gens et leurs croyances, même quand elles te semblent ridicules. »

La sagesse de Papa qui résonne encore dans ma tête.

Ce que j'ai pu descendre cette rue avec lui …

À chaque séjour, il fallait faire « le tour » à peine arrivés, puis avant de repartir. D'abord *la abuela Diega*, puis *la abuela María*, les deux branches de sa famille.

Toujours dans le même ordre.

Maman avait l'excuse des valises à défaire ou à préparer, mais surtout l'immunité du membre rajouté par mariage. Papa et moi étions obligés par un devoir génétique tacite.

Alors nous dévalions *"la Capilla"* comme deux pierres qui roulent, même si aucun de nous deux n'était pressé d'arriver en bas, où un bar silencieux nous réceptionnait

---

1. La rue de la Chapelle.

alors. Avant lui, il y avait eu les restes d'un mur, un amas de grosses pierres torturées par des engins de chantier.

« Ça y est, ils ont détruit le vieux cinéma, m'avait-il expliqué.

– Quel cinéma ?

– Le cinéma d'été. Quand j'étais ado, ils passaient un film tous les soirs… C'était bien, à l'air libre, tout le monde venait en famille et avec la gamelle. Ah ! C'était folklo… Et les films, pendant Franco, c'était pas la Nouvelle Vague ! À chaque baiser, y'avait de la coupure, ça gueulait quelque chose dans la salle … Et pendant les dialogues, on servait la soupe, on n'entendait rien, c'était sportif ! C'était bien. »

Papa avait ri, parce que, sur ce tas de vieux cailloux qui avait été un cinéma, il s'était revu mangeant la *tortilla* de Lina.

Après la côte, je vois défiler les maisons. Depuis Grand-père, depuis Papa, depuis moi, certains détails ont changé, d'autres enseignes, d'autres commerces … Mais quelle chance, Aguas est malgré tout resté dans son jus.

Il y a toujours les larges portes en bois qui autrefois laissaient entrer les ânes et les chevaux, les vieilles persiennes qui luttent contre les rayons de soleil depuis la Guerre Civile. C'est un coin d'Espagne qui n'a jamais connu de révolution industrielle, encore moins sexuelle. Il y en a encore pour pleurer la dictature, en secret, derrière des façades peintes à la chaux …

Et mes enfants qui ne savent pas ce que ces maisons cachent. Ils jouent à trappe-trappe, sans remarquer les rues, les pierres, tout ce que Papa me racontait et que je ne transmets pas … Je devrais.

Mais la nostalgie d'au moins trois générations, c'est beaucoup trop lourd à léguer.

Nous arrivons chez *la abuela María*. Il y a bien longtemps qu'elle n'y habite plus, mais sa maison porte toujours son nom. Diego relève la persienne, la porte est grande ouverte, nous entrons dans le hall.

C'est ici qu'a grandi Lina, dans ce décor rustique qui ne lui ressemblait pas. Ma grand-mère était l'équivalent humain d'une cuisine en formica : sans tradition ni fioriture, juste le goût du pratique et du kitsch. Aucune recherche d'esthétisme, ni de lien émotionnel. Le genre de femme qui imposait à ses petits-enfants de l'appeler par un surnom quelconque, même pas affectueux.

La abuela María, elle, avait des meubles en bois brut, des pièces de collection transmises depuis des siècles, de dot en héritage. Ses photos tapissent encore les murs. Plusieurs baptisés, communiants, mariés. Même *el abuelo Juan,* salaud notoire, a droit à son carré de nostalgie.

Ces visages sévères, figés en sépia, qui m'effrayaient tant lorsque j'étais enfant … Ils sont tous morts. Des personnes aimées, ne serait-ce qu'un instant à la naissance, au pire considérées comme utiles donc nécessaires, au mieux le centre du monde de quelqu'un, et maintenant, plus rien. On ne se rappelle même plus de leur prénom.

Et désormais, si je regarde les cadres, ce n'est que pour les sauver des jeux nerveux de Diego et Nandy. J'ai peur de la possible casse.

Voilà ce que l'on devient : des bibelots poussiéreux qu'il faut sauver des gestes brusques des enfants.

« *Tío Ximo* ! Je suis là …

Je dépose sur la table de la cuisine mes deux grands sacs et je commence à en sortir les aliments qu'ils contiennent. Les enfants sont déjà devant la télé. Mon oncle, tablier tâché sur pantalon élégant, sort de la cuisine et me rejoint dans la salle à manger.

– *Hola Chiqueta.* Tu as tout ramené ? Combien de kilos

de riz ?

– J'ai compté cent grammes par personne. Tu as pris quelle *paella*[1] ?

– Celle pour vingt. Mari vient avec sa famille et Bauti aussi, avec les enfants. C'est sa semaine.

– Ça devrait aller alors. Le feu est allumé ? Je te prépare la viande ?

– Non, toi, ramène-moi tout en cuisine et je m'en occupe dans le patio. *¡La paella es cosa de hombres!*[2]

– D'accord *hombre* ! Va travailler dans ce cas ! »

J'aime le taquiner. Ça me rappelle Papa et ce *Parlamento* interminable qui me manque désormais.

Ximo me parle pendant qu'il fait sauter la viande, qu'il ajoute *el sofrito*[3], les haricots, les épices puis le riz. Je l'écoute, mais surtout je l'observe. Il est aussi lent dans ses gestes automatiques que nerveux dans son récit de la veille et la présentation de *la Reina de las fiestas*[4], où je n'ai pas eu le courage de traîner les enfants. Il m'explique qui est la jeune fille choisie cette année, de quelle famille d'Aguas elle est issue, qui sont les heureux parents qui se saignent pour lui payer le droit d'être couronnée et d'être applaudie dans d'onéreuses tenues régionales. Il me fait un monologue de potins et je me prends à aimer l'écouter, parce que la vie des autres me repose de la mienne.

La paella mijote quand soudain, Ximo a ce geste unique, celui que Grand-père m'a appris. Sentir la fumée qui sort de la paella, la ramener de la main vers les narines,

---

1. En Espagne, la paella désigne la spécialité culinaire mais aussi la poêle qui sert à sa préparation.
2. La paella est une affaire d'hommes !
3. Poêlée de légumes frits.
4. La reine des fêtes.

pour déterminer à l'odeur s'il manque du sel ou pas.

On ne goûte pas une *paella* qui frémit sur un feu de bois, on la respire.

Puis, on la laisse légèrement brûler, pour pouvoir gratter en fond de poêle le *socarrat*, le riz caramélisé qui croustille. Et surtout, on la mange directement dans le récipient qui lui donne son nom, à vingt, chacun penché sur sa partie de plat, et interdiction d'aller piquer dans celle du voisin !

La paella, c'est Grand-père qui salit les tomettes du patio, c'est Lina qui éclabousse de tomate la crédence de la cuisine, c'est Maman qui rechigne à manger sans assiette, c'est Papa qui picore l'apéritif en cachette parce que son père lui interdit encore de le faire tant que nous ne sommes pas tous assis à table …

La paella, c'est ma jeunesse que je respire, c'est ma famille que je déguste.

Et je m'inquiète car mes enfants n'aiment pas ça.

★

« Encore du riz jaune !

– Diego, fais un effort. Cinq cuillères, pour faire plaisir *al tío*, s'il te plaît ! »

Je me console en constatant que les enfants de Bauti mangent aussi mal que les miens.

On les a assis ensemble dans une petite table à part. Toute une marmaille joyeuse réunie à *la mesa de los niños*[1]. On les isole alors qu'ils font moins de bruit que les adultes. Mais c'est la seule solution efficace pour une petite heure de tranquillité parentale, à condition de renoncer au respect des bonnes manières et à l'alimentation équilibrée !

Mes cousins et moi sommes d'accord : nous les laissons se débrouiller, nous ne nous lèverons qu'à la première goutte de sang !

Parler avec Bauti et Mari me fait un bien fou. Sans Sébastien au quotidien, je n'ai pas beaucoup de conversation d'adultes. Ou justement si, j'en ai trop, à lui rappeler par vocaux interposés de ne pas oublier d'apporter, d'acheter ou de faire telle ou telle chose. Notre vie normale ne ressemble pourtant pas à ça. Nos jeux et nos chamailleries me manquent, ces petites choses stupides et légères qui font durer les couples.

Je retrouve ça avec mes cousins. Nous rions si fort qu'il me semble que nous recevons des regards réprobateurs à la fois des petits et des vieux.

Nous avons fait le tour de nos vies, ce que nous avons fait l'année d'avant, ce que nous comptons faire l'année d'après, comment se passe le divorce de Bauti, le travail de Mari, les améliorations envisagées dans la maison de Grand-père …

Toute notre actualité y passe et les sujets s'épuisent. Alors nous aussi, nous tombons dans le rappel du passé et dans

---

1. La table des enfants.

ce commérage qui nous exaspère chez les autres, mais que veux-tu, nous sommes des "quadra-quinqua", la vieillesse, on y est en plein ! Oh non, ne m'en parle pas, j'ai passé une soirée à regarder des parties de cartes, je ne suis pas encore prête ! Mais tu fais des mots croisés depuis que t'es gosse ! À dix-sept ans, tu étais déjà vieille, si studieuse, si coincée !

Et je ne sais pas pourquoi je cesse de rire.

Mari, elle, continue, même en se levant pour ramener quelques assiettes sales à la cuisine. Mais moi, je n'y suis plus. Soudain, je me sens perdue, loin, très loin de cette table bruyante et joyeuse, étrangère et seule dans une pièce bondée de gens qui m'aiment.

Je regarde Bauti, assis devant moi. Il maintient sur son visage ce doux sourire qui apparaît juste après un éclat de rire, quand les traits se relâchent et que les émotions se reposent dans quelque chose de moins poussif. Dans ses yeux, il y a toute la compréhension qui en fait mon cousin préféré.

« Il y était hier.

– Où ?

– En *la presentación de la Reina*.

– Ah … Mais de qui tu parles ?

Bauti hoche la tête et grimace.

– Ben qui, à ton avis !

Inquiète, je m'assure que les conversations du reste de la famille sont assez sonores pour que personne n'entende la nôtre.

– Ok … Et donc ?

– Rien. Tout va bien. Il est venu voir son neveu qui est *festero*[1]. Il est reparti en ville ce matin …

---

1. Jeune participant issu de la promotion mise à l'honneur lors de la fête locale.

Désormais, Bauti me regarde avec un petit air malicieux qui m'exaspère. Je tente de retenir les battements de mon cœur avec toute la force de ma pensée, mais je crois bien qu'il les entend et que ça l'amuse.

– … Mais il m'a dit qu'il reviendra.

– Ah … Oui, c'est normal. Si c'est l'année de son neveu, il va être très sollicité …

J'ai l'impression de penser à voix haute pour que les mots ne s'accumulent pas dans ma tête. Je formule des banalités pour me réconforter. Mais je ne peux pas verbaliser combien l'idée de tomber nez à nez avec lui dans la rue, chez le boucher ou dans n'importe quel lieu insipide du quotidien me terrifie.

– Il sait que tu es là pour les vacances.

Bauti ne sourit plus.

D'un coup, je me sens fragile. Je vois poindre la phrase qui va m'effrayer davantage.

– Il m'a dit qu'il ne se sentait pas prêt pour te revoir. »

Jour 8

Cette maison a envie d'être sauvée.

Chaque jour, elle dévoile ce qui ne va pas, les symptômes de la dégradation contre laquelle elle lutte. J'ai l'impression que les murs ont été soulagés de me voir arriver. Comme s'ils avaient accepté de tenir l'absence pendant cinq ans, le temps d'hospitaliser et d'enterrer quelques piliers, mais que désormais, ils me cédaient le poids de la structure.

Entre les fêtes et la chaleur, je suis si fatiguée que je n'ai pas eu le temps d'y penser. J'attends l'arrivée de Sébastien pour vraiment m'y mettre et je sens que la maison perd patience. Tout menace de s'effondrer. Les peintures se boursouflent, les poutres se fissurent, les cloisons sont humides, le carrelage se fend, le bois craque, les portes grincent.
La maison soupire, elle est désespérée.

Avant, elle était habitée, choyée et entretenue.
Elle entendait soucieuse les disputes et les conflits mais les dépêtrait par ses fenêtres grandes ouvertes. Alors ils fuyaient, honteux et coupables, et l'air redevenait frais.
Elle accueillait le parfum des vases fleuris et des plats cuisinés avec amour, et s'en imprégnait quelques heures pour nous faire plaisir. Maintenant, elle sent le renfermé.
Les souvenirs, ça étouffe aussi les choses.

Sergi n'est pas dans cette maison.
Ici, il n'y a que Grand-père, Papa et Maman.
Sergi est ailleurs. C'est un arbre près de la rivière.

Nos souvenirs sont des fruits mûrs gonflés, juteux, succulents, débordants de détails appétissants. J'aurais voulu les cueillir sans cesse, pour être sûre qu'ils m'appartiennent, m'en gaver jusqu'à l'indigestion, jusqu'à, moi aussi, finir étouffée …

Mais les fruits meurent quand on les cueille.

Alors, j'ai appris à les laisser sur l'arbre, les regarder, les caresser, mais à ne plus les emporter. Ils disparaîtront d'eux-mêmes ...

Sergi, lui, ne disparaîtra pas. Les mots, les regards, les caresses s'évaporent. Mais pas les arbres, pas les rivières.

On aime toujours les gens qu'on aime.

L'amour, ça ne s'oublie pas.

Il reste avec la sensation du coup de foudre, cette certitude d'avoir traversé l'univers et d'en avoir atteint les confins en une si petite seconde.

Il reste avec le courage d'avoir tenté un voyage tumultueux, la détermination d'acier à enfoncer des portes closes, la témérité d'être montée sur une montagne russe qui me projetait si loin.

Il reste avec l'illusion d'avoir tenté de faire d'une rivière un océan, que nous aurions aimé contempler.

Et cet orgueil de ne pas en avoir eu, d'avoir tout offert, d'être arrivée au bout de tout, au bout de moi, pour qu'il m'aime.

Le reste, la tristesse du mensonge, la pénible démonstration que je n'étais pas assez, cette liste de raisons qui me poignardent mais que je me répète, pour qu'elle m'empêche de rêver ... Tout le reste disparaît.

L'amour, ça peut s'user jusqu'à la corde à force de doute, de déception et de manque. Malgré tout, il en reste toujours quelque chose. De l'eau qui coule immuable au pied d'un arbre qu'on adorait.

J'aimerais tellement le revoir.

J'aimerais tellement me revoir.

Ma chère maison, attends encore.

Retiens tes murs, un peu, pas longtemps, je serai bientôt là et je soulagerai l'atmosphère pesante, j'effacerai la lourdeur, je te rendrai belle et légère.

Bientôt, je te le promets, tu revivras, avec des fleurs et des gâteaux …
Mais sois patiente avec tes propres souvenirs …
Laisse-moi d'abord affronter ma rivière.

(Nuit 8)

Je le regarde jouer.

J'en ai le droit, tout le public le fait.

Ils l'écoutent aussi.

Pas moi. Je ne fais que le regarder.

Il n'y a plus de piano, il n'y a plus de musique.

Je ne pense à rien d'autre qu'à Sergi.

Le regarder apaise tout ce qu'il y a de violent en moi. Il fait taire la voix intérieure qui m'en veut souvent. Il me plonge dans une béatitude enivrante, sans hypothèse ni angoisse. Je suis un papillon hypnotisé, obnubilé par une lumière.

Je l'observe comme je n'ai jamais observé personne.

Mon regard glisse le long de ses traits comme une goutte d'eau coulerait lentement, millimètre à millimètre.

Je savoure la séduction involontaire de ses expressions secrètes et ma peau en frissonne.

Il joue, concentré sur le son fabriqué par ses doigts.

Son front se plisse puis se raidit.

Son visage devient silence …

Il est si beau … À m'en couper le souffle.

Il a ce pouvoir d'altérer, à distance et sans le vouloir, ma respiration, les battements de mon cœur.

Sans même parler.

J'ai cru que c'étaient ses doigts, qui font et défont, tout ce talent que je n'ai pas et qui déborde chez lui, une admiration pour ce qu'il crée.

J'ai cru que c'était sa voix, si grave et pénétrante, la

promesse d'une sensualité, un réveil des sens qui murmurent à mon oreille.

J'ai cru que c'était ses mots, cinglants ou facétieux, toujours d'une intelligence éclatante.

Mais non ...

C'est son regard.

Il ne le pose même plus sur moi et c'est pourtant son regard. Parce que quand il ne parle pas, ses yeux bavardent. Avec moi. Même s'il ne pense qu'au piano. Dans ses yeux, il y a tout. Sa lumière s'y réfugie, il la préserve à la fin d'un tunnel sombre, et depuis la profondeur, sous des paupières mi-closes, je peux voir tout ce qu'il est.

Ses rétines prennent la couleur vert foncé de l'eau sauvage, d'une rivière troublée qui dissimule de sublimes prédateurs. Et je ne les crains pas.

Si je pouvais illustrer tout son charisme, fixer sur papier cette fascination pour ne pas l'oublier, pour la revivre quand je serai seule et triste. Mais aucun support ne peut retranscrire son regard et son effet en moi. Aucun dessin, aucun texte, aucune mémoire. Je le regarde et il m'échappe déjà.

Autour de moi, il y a son public. Tous viennent pour la perfection qu'il fabrique.

Je la leur laisse.

Moi, je voudrais connaître toutes les imperfections que ses yeux cachent.

Peu m'importe son piano, peu m'importent les émotions qu'il est censé nous faire vivre, à nous, spectateurs ayant payé le prix de son travail.

N'est-ce pas terrible d'admirer les gens pour ce qu'ils provoquent en nous ? Faut-il toujours être utile pour être aimé ?

Moi, je veux qu'il cesse d'être ce que l'on attend de lui. Juste, qu'il existe. Et que je puisse, même de loin, même à peine, entrevoir dans son regard l'univers qui s'étend en lui. Tous les mots qu'il ne dit pas, tous les rêves qui s'évanouissent, toute sa beauté d'âme qui saute de ses yeux aux miens, qui s'infiltre insidieusement en moi, s'accrochant à mes organes, comme les minuscules particules brûlantes d'une fumée de cigarette.

Quand Sergi termine le concert et qu'il salue son public, nous applaudissons tous avec enthousiasme.
Longtemps.
Très longtemps …
À plusieurs reprises, son regard croise le mien et je m'y noie. Mes jambes flanchent, je me sens étourdie.
Alors, je le réalise.
Je veux passer ma vie à plonger dans ses yeux verts rivière.

(Jour 9)

La abuela María est arrivée chez nous à midi pile, juste après la messe. Dans une heure, il y aura la *Mascletá[1]*, elle ne veut surtout pas rater le début.

Qu'à quatre-vingt six ans, elle puisse autant aimer quinze minutes de pétards explosés dans un vacarme continu … J'avoue ne pas comprendre.

Les fêtes du village sont sans doute pour elle ce qu'elles sont pour moi : un événement exceptionnel qui brise la routine d'un quotidien trop millimétré.

Chaque matin, depuis deux décennies, elle enchaîne office, génuflexions, confessions, eau bénite et corps du Christ en petits disques alimentaires ; puis le repas chez une de ses filles, une micro sieste et ses bonnes œuvres jusqu'au soir …

Enfin, bonnes oeuvres, c'est beaucoup dire ! Sa charité consiste à goûter avec ses copines devant les émissions télé *del corazón[2]* et à gagner de sacrées sommes au *bingo* de la paroisse !

Malgré tout, mon arrière-grand-mère est une vraie sainte. La personne la plus gentille que je connaisse, d'une bonhomie qui s'apparente à de la candeur. Toujours le sourire sur un regard absent, toujours un compliment à la bouche même pour ceux qu'elle ne reconnaît pas. Elle ne comprend pas ce qu'elle croit, elle suit des rites sans les remettre en cause. Elle

---

1. Concert de pétards, typique de la région valencienne.
2. Programme people, potins télévisés.

se dit comblée alors elle ne demande jamais rien.

Elle patiente, les mains sagement croisées sur sa robe de deuil et le sourire aux lèvres.

La abuela María est assise à notre table quand Lina lui donne une petite cassette achetée au marché. Son visage s'illumine.

« *Ay hija*, quelle joie ! C'est Marisol[1] !

– *Sí, madre.* On vous la fait écouter ?

Il y a une telle tendresse dans ce vouvoiement entre la fille et sa mère que, pour la première fois, je trouve naturelle cette vieille habitude espagnole.

Lina me passe la cassette et je la mets dans notre petite chaîne hi-fi. La première chanson est enjouée, c'est de la pop des années soixante dans laquelle une fille compare son amoureux au premier prix d'une tombola.

La abuela María connaît toutes les paroles par cœur, se lève et se met à danser … Enfin, plus ou moins ! Elle se déplace par petits sauts et nous regardons ses hanches avec crainte. Elle a l'air tellement contente. Comme quand j'étais petite fille et que je dansais devant ma glace, m'imaginant devant un public.

Elle, c'est encore mieux, elle a le miroir dans sa tête.

La chanson s'arrête, elle est essoufflée. Je laisse la cassette continuer, tout en baissant le volume.

Lina repart dans la cuisine.

Toujours tout sourire, *la abuela María* se rassoit à table, à côté de moi, et pose une main sur la mienne. Elle est si ridée que j'ai mal rien que de la regarder.

---

1. Chanteuse espagnole née en 1948, enfant star.

– *Ay Chiqueta,* qu'est-ce que je suis bien désormais ! Depuis que je suis veuve, c'est enfin la vie !

Décidément, je ne m'y fais pas à cette phrase ! Toute ma vie, je la lui ai entendue dire, mais il me faut encore surmonter quelques secondes de surprise quand elle la prononce.

Comme nous sommes seules, je risque une question dont je connais déjà la réponse.

– *El abuelo,* il était si méchant que ça ?

Son visage s'étire de stupeur.

– Oh ! Le pire ! Une fois, j'étais au repas annuel de la paroisse, un de ses amis me dit "Quel dommage que Juan ne soit pas avec nous pour profiter de la retraite !" Je lui ai répondu qu'il le laisse là où il était, qu'il était aussi bien au chaud ! »

Je sais bien ce que représente cette "chaleur" pour elle. Et d'après ce que Papa m'a raconté de son grand-père maternel, si l'enfer existait, il aurait très bien pu être inventé pour lui. Si c'était l'endroit prévu pour les salauds qui ont dénoncé à tout-va et par pur opportunisme leurs amis aux Franquistes, les ordures qui ont trompé, frappé et violé leur femme, parfois à quelques mètres d'enfants, les pervers qui ont lorgné sur les formes de leurs propres filles …

Oui, le vieux, y aurait sa place d'honneur !

Je me souviens de ce que Papa m'a raconté. Qu'alors qu'il était mourant, *la abuela María* est restée à son chevet. Elle l'a écouté pleurer sur sa pauvre âme pécheresse, dans un dernier élan de conscience élastique pour demander un pardon hypocrite à qui voulait l'entendre. Sa brave épouse lui a tenu la main jusqu'au bout, il en était tout ému. Pendant des jours et des nuits, elle ne l'a pas quitté.

Jusqu'au moment où elle a senti la fin imminente. Alors elle s'est approchée de sa joue, comme pour y déposer un dernier baiser, et lui a décrit avec gourmandise tous les supplices qui l'attendaient dans cet enfer auquel ils croyaient. Elle lui tenait toujours la main pour ne pas qu'il s'écarte et s'échappe de tout ce qu'il méritait d'entendre et de vivre.

El abuelo Juan est mort de peur.

Je repense à ça en regardant cette petite pomme ratatinée et muette, si dévote, qui se tient sagement les mains et attend patiemment l'heure de *la Mascletá*. L'enfer, c'est elle qui l'a vécu, sur terre. Pourtant, elle a tout enduré sans maudire ni détester personne, pas même Dieu ; elle a maintenu sa flamme en elle, même quand des ouragans tentaient de l'éteindre ; elle s'est contentée d'une bien faible vengeance, d'une minute de méchanceté, puis a profité de sa liberté sans aigreur ni regret.

Je m'assois près d'elle et prends sa petite main fripée dans la mienne. Elle me regarde avec tendresse et se replonge dans ses pensées.

Je serai comme toi, *Abuela*.

Quoiqu'il m'arrive, quelle que soit ma vie, je survivrai à tout.

Et je serai heureuse.

*

Dans cinq minutes, il sera seize heures.

Notre rue est déjà envahie de gamins bruyants. Depuis *la fiesta de la espuma*, les mouvements de foule dans le quartier m'effraient, mais je surmonte ma crainte.

Il tombe du feu du ciel, on est sûrement à plus de quarante degrés. Ce n'est pas grave, je suis comme tout le monde : impatiente et excitée.

C'est bientôt l'heure de la *pualá*[1].

Je cherche *la prima Mari* qui devait m'attendre devant ma porte avant que ça ne commence. Elle n'y est pas.

Je sors de ma rue, où resteront les plus petits et leurs mères, et affronte le *Camino del Monte*[2] où aura lieu le combat des ados et jeunes adultes.

J'aperçois Bautista, qui réajuste son sac à dos qu'il porte sur le torse.

« *Hola Bauti. ¿Y tu hermana?*[3]

Il m'embrasse affectueusement.

– *¡Prima!* Je ne sais pas si elle va venir, ce n'est pas trop son truc, les cheveux sales … Tu t'es équipée ?

Je souris et je lui montre fièrement un sac plastique contenant quelques tomates mûres, une douzaine d'œufs et un kilo de farine. Ça le fait rire.

– *Cariño*, avec ça, tu ne vas pas faire beaucoup de dégâts ! Reste avec nous, on a le meilleur arsenal. Après ta bagarre avec Iñaki, tu risques d'être la cible privilégiée, on te défendra.

---

1. Bataille ludique pendant laquelle les jeunes se lancent des aliments.
2. Chemin du mont.
3. Salut Bauti. Et ta sœur ?

Alors que Bauti soulève fièrement son barda qui a l'air de peser lourd, je vois s'approcher Sergi. Nous sommes habillés pareil, short en jean déchiré et tee-shirt blanc … Mince, c'est une erreur ! Dans quelques minutes, la transparence du tissu mouillé fera trop voir mon bikini.

Soudain, Sergi me passe le bras autour de l'épaule, serre mon dos contre son torse et me glisse à l'oreille :

– Reste avec moi.

Il se dégage aussitôt, mais j'en suis toute retournée. Depuis hier soir, quelque chose a changé. Depuis son concert, puis lors du *pasacalles*[1] et de la présentation de la Reine. Il m'attire comme un aimant, je veux sans cesse être près, le frôler. On joue à se prendre les mains, à se pousser en riant. J'ai un besoin incompréhensible de le toucher et il ne me repousse jamais. Mais là, il m'a presque prise dans ses bras et je ne m'attendais pas à ce geste qui me paraît tellement intime.

À quelques mètres de moi, je le regarde prendre son sac et le placer en frontal comme Bauti l'a fait. Il me dévisage aussi, avec un petite sourire taquin, et je me sens toute bête avec mon sac plastique et les anses que je triture de mes deux mains.

Comme s'il l'avait compris, Sergi s'en empare et le range avec ses affaires.

– Comme ça, tu es obligée de me faire confiance.

Oh, ne t'en fais pas, je ne compte pas m'éloigner. Je vais rester collée comme ton sac à "torse" !

J'entends Adri hurler :

1.Parade.

– *¡Que empiece la pualá!*[1]

La voix des centaines de jeunes s'élèvent en un cri puissant.

La guerre commence.

Nous avons une heure et une dizaine de rues autorisées par la mairie. Tomates, farine, œufs, huile, gel douche, bombes à serpentins, ballons de baudruches gonflés à l'eau … Tout est permis. Ça décanille, ça se shampouine, ça s'attaque dans les coins des maisons, ça glisse, ça rit, ça crie …

Grâce à Adrián, Bautista et Sergi, je parviens à me maintenir propre quelques minutes. Mais ça ne dure pas. Ils sont constamment attaqués par le même groupe de garçons. C'est bon enfant, mais compétitif. Je deviens un rapide dommage collatéral : premier œuf sur la queue de cheval.

Mes trois protecteurs partent à l'assaut de l'agresseur.

Pendant quelques minutes, je reste seule, à regarder les autres se faire badigeonner. Je ne suis pas assez intégrée dans le village pour oser attaquer des jeunes que je ne connais pas. Surtout après l'incident de l'autre soir. Je préfère attendre que Sergi se souvienne de moi et qu'il revienne me chercher …

– *¡Toma!* [2]

Et je prends un kilo de farine dans le dos.

Je ris et me retourne. C'est Sergi.

– On n'était pas dans la même équipe ?

– Si, mais tu étais trop propre. Je vais arranger ça !

---

1. Que commence *la pualá* !
2. Prends ça !

Il me tombe dessus et me serre contre son sac. J'y pioche précipitamment une tomate, que j'écrase sur son front. Il rit aussi, et à gorge déployée. Il m'enlace davantage, pour m'empêcher de fuir … Nous sommes séparés par un sac à dos enfariné, rempli d'aliments écrasés, mais c'est son corps que je sens se presser contre le mien. Malgré nos attaques, nous ne nous séparons que le strict nécessaire, revenant encore l'un à l'autre.

Nous rions ensemble, il me regarde de très près, je vois les plis de son sourire à quelques centimètres du mien …

Il a tout un repas qui dégouline sur son tee-shirt bon à jeter ; moi aussi et je sens même des grumeaux de farine se former dans mon haut de maillot.

C'est dégueulasse ! Et un vrai gâchis alimentaire !

Mais je suis tellement heureuse.

Je cligne des yeux …

Et puis déjà dix-sept heures, tout s'arrête.

Nous avons couru sous un soleil de plomb, riant jusqu'à l'épuisement, la chaussée est de toutes les couleurs et de toutes les textures : il est temps d'en finir.

J'ai perdu de vue Sergi depuis un instant, mais je suis avec Bauti et les copains. Ils débriefent gaiement leur bataille, tout en essuyant nonchalamment les restes de leurs défaites. Je fais de même : nous sommes tous bons pour le bain ou la friture, mais je me sens davantage ridicule qu'eux.

Mario, que j'ai à peine remarquée jusqu'à présent, s'approche de moi.

– Maintenant, on part tous se baigner *al Lago de las chicas[1]*, c'est la tradition.

Tout en me parlant, il a délicatement enlevé un reste de coquille d'œuf de ma frange et l'a jeté par terre. C'est très gentil, comme tout ce que fait Mario pour moi. Mais je ne sais pas pourquoi, je n'ai pas aimé son geste. Il me met mal à l'aise.

Sergi revient vers nous, met sa main autour de mon cou et regardant Mario, il demande :

– *¿Vamos?* [2] »

*

1. Le lac des filles
2. On y va ?

Sergi m'a dit de l'accompagner et de monter sur sa moto. Il a suivi le groupe mais arrivés à la bifurcation de la falaise, il s'en est éloigné.

Désormais, ils sont tous au lac *de las Chicas*, à se débarbouiller, jouer et manger, mais moi, je suis seule avec Sergi dans le creux d'une gorge que je ne connaissais pas.

L'eau s'y cachait depuis toujours, loin derrière les maisons, tapie entre les champs d'orangers, au pied d'un entrepôt désaffecté aux inscriptions obscènes qui me barrait l'imagination tant il m'effrayait. Je ne savais pas qu'en contre-plongée, après avoir descendu cent trente-six marches gravées dans la montagne, franchi plusieurs roches périlleuses, affronté les broussailles hostiles et leurs insectes rebelles …

Je ne savais pas qu'il y avait la rivière, comme je ne l'avais jamais vue.

Dans son véritable état, limpide, vivante, bruyante, loin des piscines naturelles qu'elle a formées pour plaire aux touristes.

Dans cet écrin de nature sauvage, à peine effleuré par quelques rayons de soleil, à l'abri de la chaleur étouffante.

Ici, il fait froid alors que le reste du monde brûle.

Le groupe est sûrement en train de cuire dans leur étendue de bouillon stagnant sans ombre.

Tandis que moi, je suis ici, au tréfond d'une vallée, à l'endroit précis où elle devient dangereuse, où le temps brise la pierre, où les oiseaux ne s'aventurent pas.

Sergi nous a isolés là où la terre ressemble à mon

cœur, là où l'eau ressemble à ses yeux.

« Approche. Viens te baigner.

– L'eau est très froide.

– Si tu ne viens pas avec moi maintenant, je sors, je te soulève et je t'y jette d'un coup !

Sergi me menace d'un léger sourire.

Il est entré dans la rivière comme si l'eau n'était pas à quinze degrés. Je dois le rejoindre. Debout sur ce rocher, mon bikini et moi sommes trop exposés.

Je descends et piétine les cailloux douloureusement. Pourvu que je ne tombe pas devant lui. Certains galets sont si glissants ... Je me recroqueville pour approcher l'eau. Ça cache un peu la peau que le tissu n'atteint pas.

Mon pied droit s'immerge le premier. Et petit à petit, tout mon corps s'enfonce en un baptême frissonnant. J'essaie de m'asseoir au fond, je ne peux plus respirer, j'ouvre les yeux, mes cheveux dansent entre mes doigts qui veulent les enfermer.

Je remonte à la surface. Sergi s'est approché. Il est à un mètre. Il ne me touche pas, mais je sens toute l'eau qui m'enveloppe à sa place. Il me fixe. Son sourire énigmatique effleure le miroir transparent où se posent deux libellules. Il bouge à peine, elles s'envolent. Je tremble, même si je ne suis plus sûre de sentir l'eau.

Il est si près que je peux voir les éclats bruns de ses yeux verts. Ils flottent au-dessus des petites bulles que ses expirations forment. Je m'enfonce un peu plus pour que l'eau couvre également la moitié de ma tête. Je sens comme sa froideur s'insinue jusqu'aux os.

Je suis en train de congeler, sous le soleil accablant d'un après-midi d'été en Espagne. Tout ça pour les beaux yeux d'un garçon plus âgé, qui tire sur mon désir tout neuf comme sur une corde.

Je suis tendue, je stresse qu'il s'approche soudain davantage. Mais il n'a pas l'air de le vouloir.

Il m'observe. J'imagine la tête que j'ai, les cheveux plaqués par l'eau mais si sales de tout ce que l'on m'a lancé. J'espère qu'aucun aliment ne me dégouline plus dessus.

Mon dieu, il s'approche !

J'ai le souffle court depuis que l'eau a atteint ma taille, mais soudain je suffoque en moi-même. Je crains qu'il touche mes cheveux. Une mèche glisse, je la remets doucement derrière une oreille. Il est tout près, à quelques centimètres de ma peau…

Sergi ne s'arrête pas. Il me fixe toujours, mais décide de me dépasser, et seul m'effleure le remous que son avancée provoque.

Une fois derrière moi, sa voix me demande :

– Tu viens ?

Finalement, j'aurai bien voulu qu'il arrange cette mèche rebelle avant de s'éloigner.

Je me retourne, je nage vers lui. Son dos large se déchire à chaque mouvement, l'eau éclate et s'éparpille à son passage, je la reçois dans les yeux.

Je le suis jusqu'où l'eau ne nous couvre plus. Au fur et à mesure, son niveau baisse et nous finissons par marcher sur les galets d'un pédiluve naturel.

Je ne comprends pas où Sergi me mène. Je sais que la

rivière est capricieuse jusque dans ses profondeurs mais pourquoi vouloir visiter l'endroit où elle se meurt, perdue sous des buissons plein de bestioles ?

Comme s'il lisait dans mes pensées, Sergi se retourne vers moi et me tend la main, que je prends par réflexe.

– Je vais te montrer quelque chose.

Je n'en reviens pas d'avoir ses doigts dans ma paume. Je sens mon pouls cogner contre la sienne. Mais sa poigne est ferme, il ne doit pas s'en rendre compte. Je suis transportée par ce geste intime au point d'oublier que nous avançons à travers des nuées de moustiques, dérangés dans leur abri végétal.

Sergi me tient toujours la main quand nous descendons quelques rochers. Je manque de trébucher et mon corps est tenté de s'appuyer sur son torse pour me rattraper. Mais de sa seule main, qu'il serre davantage, il rétablit tout mon équilibre. Avec elle, il me guide fermement pour me placer devant lui, sur un rocher un peu plus haut.

– Penche-toi en faisant attention et regarde.

Je lâche sa main pour lui obéir.

Une bonne vingtaine de mètres plus bas, la nature forme un amphithéâtre recouvert de mousse et de pierres, protégé par de nombreux arbres immenses. Et dans cet hémicycle de verdure, je vois la rivière, que je croyais affaiblie, chuter violemment et en masse sur un monticule de rochers aiguisés, s'apaiser dans un étang puis se diviser en plusieurs lits agiles. Je réalise bêtement que la cascade ronronne en continu, ce que je percevais en m'approchant, et que la surprise aurait dû être prévisible. Mais que je n'y avais même pas pensé…

À ma décharge, Sergi avait ma main dans la sienne, je ne pouvais plus rien entendre.

Il est monté sur le rocher près de moi et lui aussi s'est penché pour regarder l'écoulement de l'eau.

– C'est magnifique !

Il sourit.

– Un jour, on fera le tour et on ira s'y baigner. C'est un lieu spécial en bas … Si tu n'as pas peur de faire un peu de randonnée …

Il y a quelques minutes, je croyais que l'eau de la rivière se dispersait tranquillement après avoir vécu suffisamment longtemps pour que je puisse m'y baigner.

Et j'ai découvert sa mort violente et sa résurrection en plusieurs ruisseaux qui s'étalent dans un paradis sauvage.

– Je n'aurais pas peur. »

*

Il fait presque nuit. L'obscurité nous menace, mais, pitié, que cet instant ne s'arrête jamais …
Que seuls ses yeux me guident encore, comme la seule clarté à suivre, une étoile du berger qui ne brillerait que pour moi …

Je remonte les escaliers derrière Sergi, pendue à sa main. À mes pieds, je sens la roche vibrer, l'eau se suicider en cascade, les insectes et les serpents nous reprendre la rivière subtilement effrayante.
Lui me traîne, et à chaque marche, il m'échappe davantage.

Pendant des heures, nous sommes restés dans un espace suspendu entre la terre et le ciel, assis sur des pierres penchées, regardant ce paradis d'en bas, cette promesse d'un prochain tête-à-tête presque souterrain. Nous avons parlé un peu, puis beaucoup. Surtout moi, pour qu'il ne voit pas que je buvais ses silences.
D'abord des autres et nous avons ri de notre après-midi enfarinée. Puis des jours de fête à venir et il a évoqué les activités qui se préparent.
Mon enthousiasme nerveux s'est évaporé au fur et à mesure de la conversation et s'est solidifié en un moment pur de bonheur absolu. J'aurai pu rester là indéfiniment, dans cette parenthèse sans ressentir ni faim ni soif.
Mais la nuit nous rappela que nous aurions sommeil et que je ne saurai pas expliquer à mes parents que certaines bulles sont intemporelles.

Alors je remonte l'escalier qui n'en finit plus, presque à tâtons, guidée par ses doigts assurés, respirant à peine tant je fatigue. J'ai perdu toute l'assurance que la rivière m'avait prêtée. J'ai même honte de lui dire que son rythme m'épuise.

Heureusement, ma main parle pour moi. Alors Sergi se retourne, j'imagine qu'il me regarde, je sais qu'il me sourit. Les serpents que je crains doivent être dans ses yeux, ceux de la roche ne m'intimident plus.

Oh, dis-moi quelque chose et cessons de monter …

Il y a encore toute cette eau qui m'appelle.

Viens, descendons nous noyer …

Non, il remonte. Les marches sont là, il faut les gravir jusqu'à la dernière.

Voilà.

La terre plate. Sans bête surprenante, sans risque de glisser. Alors il lâche ma main.

Je me sens perdue. Soudain, le couloir des orangers me paraît plus dangereux que l'escalier de roche.

Près de sa moto, il ne me parle pas, il me tend son casque, il s'assoit, je m'installe derrière lui. Soudain, ce silence me fait souffrir, alors que je les aimais tant en bas.

Est-ce que j'ai fait quelque chose de mal ? Je suis tellement maladroite, et stupide, et nulle. Je ne comprends rien aux garçons, et lui est plus âgé, plus expérimenté, plus tout. Il me promène sûrement en petite sœur, en copine, et je me fais des illusions comme une idiote …

Je devrais lui faire un signe, lui montrer que je sais faire aussi, que je suis jeune mais que j'ai des ressources, que je ne suis pas que bavarde. Que la rivière s'est infiltrée en moi, que je peux la laisser vivre et grandir et tout recouvrir.

Parce que si je l'écoutais, j'enlacerais sa taille, je poserais ma tête sur son dos, et mieux encore, je l'embrasserais doucement dans le cou. Alors il serait obligé de se retourner et de constater que je sais faire et ...

Je n'ose pas. J'ai peur des rivières qui débordent.

Je tiens à peine son t-shirt, du bout des doigts, pour le déranger le moins possible.

Il démarre la moto.

Si je devais mourir ce soir, je crois bien que la seule chose que je regretterais, vraiment la seule, c'est de ne pas avoir osé serrer sa taille.

(Nuit 9)

Le terrain vague ne l'est plus. Il y a tant de monde que je peux à peine gratter ma jambe sans frotter celle d'un inconnu. Les gens se sont resserrés dès la première note de musique assourdissante. Ils continuent de se parler, mais personne ne s'écoute.

Après un repas rapide avec les parents qui se plaignent de ne plus me voir, j'ai retrouvé les copains et nous avons suivi le *Pasacalles.*

Nous avons fait le tour du village au rythme des trompettes et des trombones. Nous avons ri de marcher au pas de cette musique populaire d'une autre génération, mais si entraînante qu'aucun jeune ne pouvait lui résister.

Moi, moins qu'une autre. J'ai l'Espagne dans les veines, mon sang vibre avec les percussions de ses hymnes joyeusement douloureux. Alors j'ai dansé avec mon groupe.

Quand les musiciens ont enfin atteint la *Plaza Mayor,* qui ne l'est pas tant que ça, et ont continué de jouer pour la Reine des Fêtes, nous nous sommes pris les mains, improvisant des pasodobles entre deux fous rires, exultant notre jeunesse et notre légèreté. Les filles et les garçons, Bauti, Adri, Rafa … Pas Sergi, qui jouait à m'empêcher de danser, mais qui ne dansait pas. Qui s'amusait, riait, mais sans jamais perdre sa réserve naturelle. Toujours aussi fascinant, même quand il ne l'est pas.

Désormais, la foule s'est à nouveau réunie pour voir les couleurs après avoir écouté la musique.

J'ai perdu les copains de vue.

Je l'ai suivi, lui.

Sergi est devant moi. Un groupe de filles nous sépare. J'essaye en vain de les écarter pour me frayer un passage. Je les dépasse, il y a une jolie brune qui me dévisage méchamment. Désolée de te bousculer, mais toi et tes copines formez un mur qui m'éloigne de lui. Je compte bien le rejoindre malgré ton regard assassin.

Soudain, les lumières des grands spots s'éteignent. Le mur des filles se referme devant moi. Le premier feu est lancé.

Quand son vert éclate, les gens s'exclament joyeusement. La lueur éphémère s'éparpille en poussière, je baisse la tête et regarde droit devant. Je suis coincée entre ces idiotes qui gloussent, mais je peux le voir.

Le cou de Sergi est à nouveau la seule lumière qui m'attire. Je le regarde comme un phare qui me sauve de la masse obscure de gens. Il se teinte de rouge, puis de vert, et de bleu, de chaque nouvelle couleur applaudie, et au-dessus de sa tête s'étiole l'artifice.

La musique forte rivalise avec les détonations de plus en plus rapprochées.

L'air se charge de poudre. Un enfant se plaint de l'odeur. Un autre répète les couleurs qu'une femme lui nomme. Je vois des doigts se tendre, des voix dans mon dos décrivent les formes dessinées dans le ciel.

« Oh, regarde ! Un palmier, une boule à épines, un

soleil, des spermatozoïdes … Papa, qu'est-ce que c'est, un spermatozoïde ? … Un pissenlit … »

Les feux d'artifice sont les nuages de la nuit. Chacun y va de son imagination.

Les visages s'éclairent et les cous se tordent.

Les gens regardent en l'air.

Je regarde droit devant.

Sergi regarde droit derrière. Moi. À travers les gens, à travers les filles.

Ses yeux transpercent leur épaisseur nigaude pour m'atteindre sous des cendres roses, puis vertes, rouges et blanches.

Il sourit.

Il contourne le groupe et se place juste derrière moi.

Je n'entends plus aucun son, aucune voix.

Maintenant je sens son torse. Je m'y appuie malgré moi.

Je lève furtivement la tête et Sergi pose doucement sa main sur ma nuque.

Mon cœur fait plus de bruit que les déflagrations.

Mon corps a toutes les couleurs qui manquent au ciel. Il caresse cette peau que j'avais moi-même oubliée, comme si elle était le meilleur de moi. Ses doigts dessinent d'invisibles lignes pendant que son buste maintient fermement ma colonne.

Je ne cesse de fixer les points brillants du ciel. La nuit n'est plus que cela.

Le tonnerre artificiel devient si intense que personne ne veut plus le décrire.

Le temps flotte et s'évapore comme les lueurs passagères …

Voilà le bouquet final.

Notre bout de ciel devient gribouillage insistant.

Les feux d'artifice s'empiètent, aucune forme n'est reconnaissable désormais.

Mes yeux piquent de cette myopie qui me guette. Je les supplie de ne pas me lâcher maintenant, j'en ai besoin pour définir les contours de Sergi.

Il est si près de moi, qu'en tournant la tête de son côté, mes lèvres affrontent le creux de son cou. Sergi baisse les yeux vers moi et sa main cesse sa caresse pour plonger jusqu'à ma taille. Il la serre davantage contre lui.

Alors sa main droite oubliée devient aussitôt impatiente et approche mon menton de sa bouche.

Son baiser retentit en un lieu secret, que n'atteint aucune autre couleur.

J'implose.

Je suis l'arc-en-ciel que tous veulent recréer, mais aussi les étoiles, et l'infini du ciel.

Tout en moi abandonne sa place pour s'offrir au bord des lèvres. Et soudain, ce désir, cumulé sur une si petite surface, reprend sa place, comme un vertige.

Tomber en chute libre et être rattrapée in extremis.

Défaillir, sentir ma volonté qui s'enfuit puis se raccroche à un souffle.

Être aspirée par le courant d'une rivière qui déborde.

Blackout.

Le feu d'artifice est terminé.

Nous sommes l'un près de l'autre. Il a pris ma main dans la sienne, parce qu'elle lui appartient aussi.

Je réalise que les gens reparlent entre eux.

Les spots sont rallumés et la musique est à nouveau dominante.

Le groupe de filles devant moi me regarde et rit bêtement. Sauf la brune qui ne rit toujours pas. J'ai honte. Elles ont sûrement tout vu …

Et qui d'autre ? Qui va tout répéter à mes parents ?

Tant pis.

Désormais, je ne suis plus qu'une misérable planète, sans eau ni oxygène, un bout de pierre inerte que Sergi traîne par la main. Toute ma journée, toute cette nuit, se résume à ce geste : moi accrochée à lui.

Sans me regarder, sans m'avertir, il nous éloigne de la foule. La *verbena*[1], le bal du soir sur lequel je comptais pour le séduire, va commencer au bout de la rue. Je n'en ai plus besoin, le bal n'est plus que brouillon, poussière, chaleur et bruit, éloignons-nous. Sergi me mène au-delà du terrain vague, au-delà des techniciens qui rangent leur magie, loin de l'équipe d'animation qui prépare les platines, vers les orangers qui marquent la fin de Aguas.

Je prends peur.

« ¡Sergi ! Arrête, s'il te plaît !

– *¿Qué pasa?*[2]

Il s'arrête et me fait face.

Malgré son expression sérieuse, il y a quelque

---

1. Fête populaire nocturne.
2. Que se passe-t-il ?

chose de doux dans son regard qui me rassure à l'instant. Je défronce mes sourcils.

– On va juste s'asseoir sous les orangers. On sera tranquille pour parler.

Il tire avec assurance sur ma main pour que je le suive à nouveau. Je ne bouge pas. Je n'ai plus peur mais je sais bien ce que l'on perd à parler sous les orangers. Face à ma résistance, il revient vers moi.

– On va juste parler. Je te promets.

Et il y a tant de tendresse dans cette promesse que j'en arrive à regretter qu'il ne la tienne.

– *Vale.[1]*

Nous marchons encore quelques mètres. La fête est proche, mais la foule est loin. Sergi choisit l'arbre qui nous accueillera.

– Tu peux t'asseoir là. J'ai poussé les brindilles.

J'en écarte une dernière tombée au pied de l'arbre et je m'installe. Sergi s'appuie contre le tronc et me love dans ses bras.

– On est mieux ici que là-bas, à remuer sur des chansons débiles.

– Moi, j'aime danser.

– On a déjà dansé. Tout à l'heure, lors du *pasacalles.*

– On a déjà parlé aussi. Beaucoup.

– Je ne t'ai embrassé qu'une fois.

Nos lèvres qui se touchent …

Ce sont des poèmes que nos peaux se récitent, des musiques qu'elles se chantent. C'est mon âme que je lui

---

1.D'accord.

abandonne avec envie, quitte à en perdre le souffle.

– Maintenant, ça fait six fois. Alors on peut parler à nouveau !

Je ris. Ça me fait du bien. Ça soulage la boule d'intensité qu'il y a dans ma poitrine. Ça évite qu'elle monte à nouveau à la tête et cogne les tempes.

– Tu aimes être avec moi ?

– Bien sûr.

– Alors on va sortir ensemble ?

Mon cœur bat si fort qu'il touche presque le sien à travers la peau. La boule joue au flipper entre mes poumons.

Hier, je ne savais pas que le désir pouvait sortir d'un corps pour se matérialiser dans l'air. Et là, entre nous deux, grandit une épaisseur douloureuse qui nous unit et nous retient et je voudrais la briser, mais je ne sais pas comment m'y prendre … Ou plutôt si, mais j'ai très peur.

– *¿Sí o no?*

Il me fixe intensément comme pour me convaincre de bien répondre. Je ne savais pas que j'avais le choix, ça me semblait si évident …

Pour une fois, j'ai conscience que j'ai le dessus. Il a l'air vulnérable, dans l'attente du mot que je prononcerai. J'entrevois une autre possibilité, que je pourrai ne pas répondre de suite, garder un petit avantage, ne pas dire ce que je ressens … Mais il est si beau, avec ce regard qui me brûle jusqu'aux entrailles, que je me fiche de gagner ce jeu. Je l'ai déjà perdu.

– *Sí.*

J'ai à peine soupiré ce frêle mot qu'il sourit, ses traits se détendent, comme soulagés. Ses yeux brillent toujours.

– Tu sais, on ne le dirait peut-être pas, mais tu m'intimides.

– Moi ?

– Oui, toi … Tu es spontanée et naturelle. Mais tu réfléchis beaucoup, tu me regardes tellement. Comme si tu analysais ce que je fais, ce que je te dis … Comme maintenant ! Ça se voit sur ton visage ! Et j'aimerais savoir à quoi tu penses mais à la fois, ça me freine.

Si je m'attendais à ça …

Ce n'est plus une boule de flipper qui tape en moi, mais une de pétanque. Et je l'ai prise sur le crâne.

Il me parle enfin, sérieusement, de moi, de ce que je provoque en lui, et je panique, j'angoisse, je vais le perdre, j'ai si peur de ses pensées. Aucun baiser ne pourra me raccrocher à lui s'il me perce à jour. Je ne suis pas assez, je fais semblant de l'être.

Je ne sais vraiment pas quoi lui répondre, alors je bafouille timidement des excuses. Je me sens si gauche et complexée, et lui a tout ce qu'il me manque, la popularité, l'expérience, le sang-froid …

– En fait, entre nous, il y a comme un miroir sans tain. Tu veux être la seule à y voir clair …

– Pourtant, ma mère me reproche d'être trop transparente. De ne pas mesurer mes émotions.

– Ta mère te surveille. Moi, j'aimerais te voir.

Et moi, je suis perdue.

Que veut-il savoir de moi ? Que je me sens seule,

incohérente, d'une exigence furieuse par manque d'amour alors qu'il y en a tant autour de moi ?

Je ne veux pas penser à ça.

Je veux juste le regarder avec la fascination qu'aucun homme ne m'a jamais inspirée.

Je veux qu'il me serre dans ses bras comme personne d'autre ne l'a jamais fait.

Je veux qu'il me veuille …

– Embrasse-moi.

Ne cherche pas à creuser en moi. Tu ne trouveras que si peu d'or.

Sergi, mon seul trésor, c'est toi. Tu es mon évidence.

Alors je vais oublier que je suis peu de chose, je vais concentrer tout mon meilleur pour te l'offrir. Je ferai en sorte d'être suffisante, de me renouveler, de te passionner sans cesse.

Moi, malgré mes mots pressés, mes gestes maladroits, mes mimiques enfantines, mes cheveux en bataille, mes mains sur un piano que je ne maîtrise pas.

Je vais devenir ta certitude.

Parce que tu as ouvert un monde de sentiments tout neufs, de failles dangereuses, d'érosions palpitantes, et que nous allons les explorer ensemble.

Les gens croient vouloir vivre la passion mais ils n'en supportent qu'un ersatz qu'ils appellent « papillons dans le ventre ». Voilà leur maximum, des insectes qui virevoltent.

Petits joueurs …

Moi, Sergi, grâce à toi, je suis un volcan de lave ardente, je suis le vent qui dévaste, je suis la rivière qui engloutit. Mes « papillons » sont d'énormes phoenix qui ne mourront jamais. Je les alimenterai de tout ce bonheur que j'ai déjà ce soir, dans tes bras, sous cet oranger.

Ne sois pas intimidé.

Je ne suis qu'un reflet lumineux que tu confonds avec un soleil. Mes yeux ne brillent que grâce à l'étoile qu'ils regardent. Sans toi, je ne suis qu'un volcan éteint, qu'une rivière épuisée.

Sergi abandonne mes lèvres. J'ouvre les yeux.

Son regard tendre perce mon cœur.

Ses doigts s'aventurent dans les sillons de mon cou crispé.

Il est d'une telle douceur et d'une telle précision que je le laisse même effleurer mon décolleté sans craindre la suite …

Qui ne vient pas.

Il s'arrête aux portes de l'érotisme, pour ne m'offrir que la meilleure des délicatesses.

Le moment est parfait.

Il est parfait.

Sergi m'embrasse à nouveau et je meurs.

Quand je peux enfin respirer, ce n'est que pour exhaler cette pensée récurrente qui veut s'incarner d'elle-même depuis le premier jour, depuis ce regard énigmatique lors du concert. Mon corps qui défaille laisse ma voix s'imposer, sans en avertir les neurones. Je m'entends prononcer tous les litres cumulés depuis ce matin, toute cette eau qui m'engloutirait si je ne la disais pas.

– Je t'aime.
– Je sais. »

(Jour 10)

La place s'étale sous les fins rais de lumière que filtre la timidité des arbres.

Il y a la fontaine en pierres blanches, la rivière qui fait un détour et longe une allée pour devenir lavoir, les maisons pittoresques aux hautes portes en chêne, le vieux théâtre où j'ai rencontré Sergi et le palais en rénovation devant lequel je l'attends. S'il n'y avait pas le vert des feuilles qui nous protègent de la canicule, la place ressemblerait à une photo sépia.

Toute cette beauté paisible et surannée dans un seul endroit, c'est émouvant.

Du palais, je ne vois que la tour carrée de trois étages, aux fenêtres condamnées par des grillages mal posés, et le corps de logis qui s'étire sur cinquante mètres. Avec les travaux, l'entrée par le jardin est inaccessible, la cour auparavant ouverte est désormais cachée. Je n'ai pas le temps d'en observer davantage que la porte principale, en aluminium comme toutes les portes provisoires de chantier, s'ouvre derrière moi.

Sergi passe une tête.

"¿Entras?"[1]

Sans hésiter, je traverse le seuil et je le rejoins dans un long couloir à peine éclairé, où traînent des dizaines de câbles et gaines électriques près des murs dénudés par endroits.

---

1. Tu entres ?

Surprise, je découvre cet intérieur chaotique pendant que Sergi referme la porte derrière nous. Aussitôt enfermés, il m'enlace et s'écrie avec gaieté : *"¡Ven aquí!"*[1].

Je me laisse faire volontiers et je ris de cette bienvenue enjouée.

On s'embrasse.

D'abord un long baiser, parce qu'il y a trois heures que nous nous sommes vus et que c'est éternel, trois heures, quand on a quelqu'un dans la peau.

Puis, nous respirons et, comme pour sceller cette passion, il dépose de nouveau ses lèvres sur les miennes. Rapidement, cette fois. Un de ces baisers légers que les gens se donnent au quotidien.

Il m'offre une double manifestation d'intimité.

Nous sommes un vrai couple qui compte s'embrasser souvent.

Sergi me prend la main et me fait avancer dans le couloir.

« Fais attention au matériel, il y en a partout. C'est la partie qu'on installe aujourd'hui.

Les murs sont abîmés mais ils portent encore quelques décorations épigraphiques, comme j'en ai vu à l'Alhambra de Grenade.

De ce que j'en sais, le palais de Aguas est aussi un vestige musulman, qui, après la *Reconquista*, est passé à des comtes catholiques. Mais je ne pensais pas que son intérieur garderait autant de traces de l'artisanat maure. Je suis fascinée par le savoir-faire des quelques

---

1. Viens ici !

motifs en relief aux couleurs orangées malheureusement ternies.

C'est un privilège d'être là, dans cet espace fermé, dans cette pénombre, parmi des empreintes d'un passé révolu.

– Vous allez enlever tout le style arabe pour mettre l'électricité ?

– Non. On met tout aux normes et ensuite des artisans marocains viendront tout refaire avec les techniques du XIIe siècle … C'est une vraie galère ! Parce que même pour la lumière, il faut respecter une façon de faire très précise. Mon père est sans cesse contrôlé par la mairie … Pour avoir les subventions touristiques, il y a un cahier des charges très exigeant.

– Ton père travaille ici ?

– Pas vraiment. On va dire qu'il commande.

– Je ne comprends pas.

– C'est le chef, l'entreprise est à lui. Ses ouvriers travaillent sur le chantier.

– Ah ! C'est pour ça que tu peux entrer ?

– Non. J'entre parce que je suis aussi un ouvrier.

Je suis surprise. Je pense aussitôt au piano. Il doit le voir sur mon visage parce qu'il ajoute rapidement :

Je suis temporairement électricien … Viens, je vais te faire visiter … Tu as un tour privé avec moi ! Ça te plaît ?

Si j'aime passer du temps, seule avec lui, dans un endroit interdit et intime ?

– *¡Si, me encanta!*[1]

---

1. Oui, j'adore !

Maman me dirait sûrement de cacher mon enthousiasme, mais il me semble que c'est le meilleur des compliments que je puisse faire. Je prends la main de Sergi, je souris de toutes mes dents, je sautille d'extase quand il me montre les couloirs, les portes, les pièces, je pose des questions avec entrain. Je ne surjoue rien, je suis vraiment ravie d'être là. Enchantée, comme dans les contes, possédée par un charme qui me rend soudain heureuse. Je ne le cacherai pas. Je suis en train de lui montrer qu'il est ma personne préférée et que je ne veux être dans aucun autre endroit du monde qu'ici, avec lui.

Ce sentiment s'amplifie quand nous arrivons dans ce qui devait être une salle de réception. Sa beauté me stupéfie.

Ce n'est qu'une grande et large pièce, encore vide et en travaux, mais sur une longueur, elle s'ouvre en arches vers un jardin intérieur, une cour de verdure et de fleurs disposées en carrés, avec délicatesse et simplicité. Sergi m'y entraîne. Au pied de quelques marches, je découvre deux petites fontaines qui s'activent en silence, et entre lesquelles s'étire un étroit bassin au carrelage bleu électrique.

Le style de l'ensemble est si épuré et élégant que j'ai soudain honte d'être à la limite de l'euphorie. Il mérite plus de sobriété … Cet endroit ressemble à Sergi. Il a le charme discret d'un jardin maure du XIIe siècle.

– Ça te plaît ?

– Beaucoup.

– J'aime venir ici quand les ouvriers déjeunent. Ça

me repose.

– Je comprends.

Je m'assois sur un muret sous une arche. Il me rejoint.

Pendant un moment, nous ne parlons plus.

Nous nous sourions, bêtement, gênés d'être face à face, alors que nos yeux se disent des pensées impures …

Que c'est stupide, le désir inassouvi !

Je me balance sur moi-même, je touche son épaule de la mienne, il me pousse gentiment, comme si j'étais un culbuto, et je reviens à ma place en riant.

On fait n'importe quoi pour se toucher. On se séduit sans se brusquer, on se conquiert encore alors que nous sommes acquis.

Sans réfléchir, ou peut-être en ne faisant que ça, je lui prends la main et je pose ma jambe sur la sienne. Il se rapproche de façon quasi imperceptible de moi. Nos corps se touchent sur toute leur longueur, dans un entrelacement chaste et pourtant intime.

La boule de désir née sous le feu d'artifice se ravive soudain. Elle cogne avec une telle force que je commence à craindre que mon cœur lâche.

Je vais m'évanouir de cet innocent contact, de sa main dans la mienne, de son autre main qui caresse doucement mon genou, de son sourire serein et de son regard intense.

Je pose ma tête sur son épaule et le creux de son cou apaise tout ce qui se joue à l'intérieur de moi.

Comment cette petite surface de peau, ce recoin de lui, peut-il me faire autant me sentir chez moi ?

– Tu sais, je ne crois pas être quelqu'un de bien. J'ai commis beaucoup d'erreurs dans le passé ...

Je relève la tête et je le regarde, en tentant de ne pas paraître surprise pour ne pas couper court à ses confidences.

– On va dire que je n'ai pas eu un parcours typique. Ni dans la vie, ni dans mes relations. Je ne fais pas toujours les bons choix.

– C'est normal de se tromper. Le principal, c'est de s'en rendre compte et d'essayer de ne pas les reproduire, non ?

– En fait, je ne sais pas si je suis prêt pour une relation sérieuse en ce moment.

Par instinct, je retire ma jambe de la sienne et je lâche sa main.

– Je ne te plais pas ?

– Ce n'est pas ce que j'ai dit .... Ne fais pas de raccourci, c'est plus compliqué que ça.

Il semble toujours aussi calme, tandis que moi, je tente de cacher la fureur qui cogne dans ma voix.

– Ça veut dire quoi alors ?

– Je me demande juste comment on va gérer ça. Ce qu'il y a entre nous. La distance ...

Je me calme un peu. Il a dit « nous ».

– Je ne sais pas, mais il y a toujours des solutions. Je viens souvent en vacances ... Je viendrai à Noël ... On peut s'écrire, aussi. Et s'appeler.

– C'est vrai.

Cherche-t-il à me faire fuir ? Son visage n'a pas d'expression particulière, ses traits sont toujours aussi sérieux et doux. Il est difficile de lire en lui, rien ne transparaît.

Je t'en prie, ne m'éloigne pas avant que la réalité n'ait à le faire. Je suis encore là, près de toi, regarde-moi, s'il te plaît.

– J'ai rompu avec une fille il n'y a pas longtemps. Ça faisait un moment qu'on était ensemble … J'ai cru que j'étais amoureux, mais je me trompais. Je crois juste que j'aimais la façon dont elle se projetait avec moi.

Je suis jalouse à en avoir des envies de meurtre. Je ne comprends pas ce qu'il me prend, je n'ai aucune légitimité pour l'être, mais ma raison n'en a que faire apparemment.

– Comment elle s'appelle ?

J'ai mille questions curieuses à lui poser mais c'est la seule que j'ose formuler. Même si ça fait mal, je veux qu'il m'en parle, en long, en large et en travers, pour qu'elle ne soit pas un secret entre nous, pour qu'il ne s'isole pas avec elle dans ses pensées.

– Pourquoi tu veux savoir ?

– Comme ça … Pour savoir comment la nommer si on en reparle.

Tu n'as qu'à dire « l'autre » !

J'esquisse le même sourire que lui. Par mimétisme de survie.

– Allez, s'il te plaît, dis-moi …

Il hésite un instant.

– Leticia.

Un monstre aux yeux verts passe.

Je suis affreusement inquiète. Je voudrais qu'il éteigne tous ces doutes qu'il a soudain allumés dans mon esprit. Mais je crains de le brusquer ou au contraire, d'être comme Perceval, passé à côté du Graal par peur de l'indiscrétion.

Tant pis, je me lance.

– Tu ne veux plus être avec moi ?

– Je n'ai pas dit ça.

– Sergi …

– Je veux être avec toi, mais je ne sais pas si je suis prêt pour une relation sérieuse … En même temps, je ne veux pas être un souvenir pour toi … C'est compliqué … J'aimerais trouver une solution à notre problème.

Je réfléchis. Ses mots cachent des puits effrayants. Si je m'y engouffre, nous perdrons ce moment. Et il n'est pas du genre à aimer que l'on gratte sa superficie.

– Pour l'instant, je suis là. Il n'y a pas de problème.

Ma voix a laissé transparaître ma tristesse.

Je pose ma main sur la sienne comme une pauvre chose morte. Il me prend dans ses bras et me serre contre son torse. Il y a le silence, son corps et l'espace magique de son cou.

Je vais mieux.

– Pourquoi as- tu le cœur qui bat si fort ?

– Tu le sais bien.

– Je crois que je préfère ne pas savoir pourquoi je peux l'entendre. »

★

Sa pause déjeuner se termine.

Nous avons continué de parler, d'être légers et tendres. Je suis partagée entre plusieurs émotions. Un peu de frustration pour tout ce qu'il me cache ; un peu de malaise de ne pas savoir, comme lui, maîtriser mes paroles ; beaucoup d'amour pour tout le reste …

Alors je vais bien. J'ai sa main dans la mienne.

Soudain, j'entends les ouvriers qui s'installent dans les pièces derrière nous. Je réalise que c'est mon heure de partir et que nous n'avons pas mangé. Ce n'est pas grave pour moi, mais Sergi m'inquiète. Il a encore plusieurs heures de travail physique qui l'attendent. Sans compter le sommeil en retard à cause de nos nuits festives …

Je me sens injuste et stupide. Pourquoi donner tant d'importance aux mots ? J'en attends pour me rassurer alors qu'il est prêt à me sacrifier son bien-être. N'est-ce pas une meilleure preuve d'amour ?

« Viens, on va sortir par l'autre porte pour ne croiser personne.

Je le suis vers le fond du jardin intérieur où se trouve un accès au chantier qui ne se voit pas depuis la place. Il l'ouvre et nous arrivons dans une petite rue adjacente.

– Tu veux aller prendre un verre ? J'ai encore quelques minutes …

– Bien sûr.

Nous avançons sous les arbres et dans l'ombre du palais. Sergi nous mène vers *el Teatro*, le lieu de ma honte au piano. Une de ses façades, près de l'entrée des artistes, est occupée en rez-de-chaussée par un petit bar et sa terrasse.

Les clients entrent et sortent, mais nous trouvons une table libre dehors. La chaleur y est plus supportable. Sergi me prend la main sur la nappe en papier.

– Merci d'être venue, j'ai aimé ce moment avec toi.

– Moi aussi. J'adore quand on discute … J'espère que ça ira cet après-midi. Tu risques d'avoir faim, non ?

– Non, ne t'en fais pas.

– *¡Hola, chicos!*

Je me retourne et découvre Mario, debout derrière moi. C'est une surprise, je ne l'ai pas entendu arriver. Et je voudrais déjà qu'il parte !

– *¿Qué tal?*

– *Bien.*

J'espère que la réponse expéditive de Sergi sera assez claire. Je me replace correctement sur ma chaise, je le regarde bien en face, mais je sens toujours Mario, sur ma gauche, et il m'énerve.

Il est gentil mais ce n'est pas le moment. Il surgit comme une déclaration d'impôts entre les pages d'un conte de fées. Heureusement, le malaise est si palpable qu'il le comprend.

– On se voit ce soir !

– C'est ça. À tout à l'heure !

Alors que Mario s'éloigne, Sergi me sourit.

– Je crois que tu lui plais bien.

– Oh ! Eh bien, ce n'est pas réciproque … C'est toi qui me plaît.

Il me sourit davantage et approche son buste de la table … À nouveau le conte de fées.

Nos boissons arrivent.

C'est bête, mais j'aurai voulu déjeuner avec lui. Pour de vrai, pas comme nos grignotages nocturnes pendant la fête. Un vrai repas, entrée-plat-dessert, malgré les codes sociaux qui m'intimident, même si j'ai honte de manger face à quelqu'un …

Tant pis pour aujourd'hui, nous le ferons plus tard.

Un jour, je lui proposerai de passer ensemble une journée en ville, nous trouverons un restaurant intime dans une petite rue peu fréquentée et nous déjeunerons lors d'un vrai tête-à-tête.

Avec lui, je veux vivre tous les clichés des sentiments et en inventer plein d'autres …

En attendant, je sirote un jus de fruits et nous discutons. C'est déjà parfait.

– Tu vas faire quoi en septembre ?

– Continuer mes études. Je passe le bac à la fin de l'année.

– Tu appréhendes ?

– Beaucoup. Mes parents sont plutôt exigeants avec les notes … Et puis je voudrais faire des études de journalisme. J'ai besoin d'avoir un très bon dossier pour intégrer l'école … Je suis épuisée rien que d'y penser !

C'est pire que ça, mais j'ai partagé assez d'états d'âme pour aujourd'hui.

– Je comprends … Je sais ce que c'est. Vouloir bien faire, donner plus que ce qu'on te demande. D'avoir besoin de reconnaissance.

Oui, il a tout compris et je suis profondément touchée qu'il le formule ainsi. Je me sens moins seule.

– Pour toi, c'est dans la musique ou dans ton travail ?

– Le piano … Le piano, pas le reste … Je ne supporterais pas d'être électricien toute ma vie. Je ne veux pas être comme mon père.

– Pourquoi ?

– Parce que ce n'est pas possible. Je ne veux pas être comme mon père.

Sergi a le visage fermé, je n'insiste pas.
À nouveau ces puits profonds, ces tunnels qui mènent au point le plus douloureux de son être. C'est pourquoi j'aimerais tant les emprunter, phares éteints et à grande vitesse. Mais ma curiosité ne vaut pas le prix de son bien-être, qu'il m'a déjà beaucoup sacrifié.

– Tu ne seras pas comme lui si tu le décides.

Je suis bêtement péremptoire … Comme si ma volonté pouvait suffire !
Je ne sais vraiment pas ce qu'il reproche à son père. D'avoir laissé sa mère, d'être démissionnaire, de ne pas savoir communiquer ? Je ne sais pas, je ne connais rien de son histoire familiale.
Mais qu'importe ! Sergi ne sera pas comme lui.
Quand on a son potentiel, il est impossible de le gâcher, d'être un mauvais garçon ou de rater sa vie.
Il sera exceptionnel comme il l'est déjà.
Je le souhaite tellement de tout mon être que rien ne

l'empêchera. Je veux le croire.

Parce que, derrière les larges murailles qu'il construit avec des silences, parmi toutes les pièces qui forment ce qu'il est, se trouve la toute petite chambre de son enfance, où il séjourne encore trop souvent pour obtenir une tendresse qui ne vient pas.

Je le sais, j'ai la même. Je suis sans doute plus aimée qu'il ne l'est, mais avec discipline et une certaine colère, sans que personne ne colmate jamais les fissures de mes murs.

Moi non plus je ne veux pas être comme mes parents. Parfois je redoute jusqu'à la vie que je suis censée avoir. Et même si j'adore ma famille, je n'espère qu'une chose : la quitter.

– Tu veux que je te dise un secret ?

Sergi sourit, surpris.

– Bien sûr.

– Tu dois être l'une des seules personnes qui m'a prise dans ses bras. En tout cas, que je me souvienne …

– C'est vrai ?

– C'est bizarre, non ? … C'est juste que dans ma famille, on n'est pas très tactile. Et les garçons de mon lycée, ce n'est pas la tendresse qu'ils recherchent en général !

Il rit.

Mission accomplie : lui faire oublier son père. Regarde-moi, ne pense qu'à nous.

– Alors il faudra me prendre souvent dans tes bras. J'en ai besoin, j'ai des années à rattraper ! »

Je minaude un peu pour cacher que je ne plaisante pas. Je ne peux pas lui dire que j'ai besoin de lui. Viscéralement.

Je ne sais pas beaucoup de choses sur les hommes, mais je devine qu'ils ont la fuite facile.

Et que Sergi n'a pas ma résistance aux mots. Ils comblentmes carences profondes, mais leur accumulation pourrait le blesser.

Il se lève de la table et entre dans le bar pour payer la note. Je le regarde se déplacer.

Il est fragile, mon héros.

Je le vois enfin, sans son piédestal.

Il a un passé qu'il regrette, une famille qui le questionne, des rêves qui l'épuisent.

Il cache ses émotions pour ne pas les affronter.

Il ne parle pas de ses sentiments pour s'en protéger.

Il est de ceux qui craignent la souffrance au point d'en devenir égoïste.

Ses défauts, ses fragilités, ses petites lâchetés.

Je commence à les voir et ça m'émeut.

Parce que je réalise que je comprends tout, même ce que je ne sais pas.

Parce que je sens que je veux le défendre, le protéger, l'excuser de tout.

Parce que je le ressens dans toute sa plénitude.

Je l'aime vraiment.

*

Je remonte *la calle de la Capilla.*

Il fait chaud, je suis fatiguée et j'ai faim. Je ne me suis jamais sentie aussi bien.

Sergi a repris le travail.

Au moment de nous séparer, nous nous sommes dit au revoir sous les arbres. Nous nous sommes embrassés, puis à nouveau enlacés, longuement, parce que je ne voulais pas le quitter. Ça le faisait rire. « Bon allez ... » Alors je l'ai cédé à la réalité.

Nous nous revoyons ce soir. En groupe, mais ce n'est pas grave. Il peut y avoir le monde entier face à moi, je ne vois que lui.

J'ai hâte.

Il me manque déjà.

Je suis à la moitié de la côte quand j'aperçois deux filles sur le point de la descendre. Je n'y fais pas vraiment attention, je ne les connais pas. Mais elles ont une démarche décidée qui m'interpelle.

Elles arrivent à mon niveau.

Étonnée, je reconnais l'une d'entre elles : c'est la gamine qui m'a menacée à *la fiesta de la espuma.* Elle se plante face à moi, m'empêchant d'avancer.

Celle qui l'accompagne est une brune, plutôt jolie, d'à peu près mon âge, à l'air hautain.

Ah, mais je la connais aussi ! Elle était au feu d'artifice. Celle qui me détestait du regard.

La plus jeune des deux m'interpelle aussitôt, avec la même agressivité que l'autre soir.

« T'es encore là toi ? Quand est-ce que tu repars chez toi ?

Cette fois-ci, je ne feins plus la patience.

– T'as vraiment que ça à faire ? Descends et fous-moi la paix !

Elle baisse d'un ton et utilise soudain une voix doucereuse.

– On sait d'où tu viens. Tu étais avec Sergi. Il te plaît Sergi, hein ? Allez, avoue …

Je reste stoïque, je suis surprise et déjà en colère, mais je ne vais certainement pas me justifier auprès d'une gamine.

– Mais tu sais qu'il sort avec ma cousine ? Regarde-là, elle est tellement plus belle que toi !

Elle me désigne la brune qui l'accompagne et qui en profite pour me dévisager, la bouche pincée et le sourcil arqué.

– T'en fais pas, Ana. Je n'ai rien à craindre d'elle. Sergi, j'en fais ce que j'en veux, il m'obéit au doigt et à l'œil.

Je ne réponds pas.

Pendant que sa petite cousine me dénigre en pointant du doigt tout ce qui ne va pas chez moi, je l'observe.

C'est elle, Leticia ? Il a aimé ce genre de fille ?

Je suis affreusement déçue. Oui, elle est fine et bien faite, toute bronzée, avec des traits réguliers et de jolis yeux noisette. Mais elle est … Comment dire …

Vulgaire ? Oui, c'est ça, elle est vulgaire.

Je me sens affreusement complexée face à son apparence, à sa pose confiante qui transmet une sacrée dose d'orgueil et à sa facilité à affronter une rivale sans un soupçon d'inquiétude.

Face à elle, je me sens si peu sûre de moi, honteuse de chaque millimètre de mon corps, affreusement consciente de mes autres défauts, je suis anxieuse, impatiente, bavarde, curieuse, perfectionniste. Alors je devrais me sentir nullissime, il a été avec elle, il a cru en être amoureux. Mais je ne sais pas pourquoi, cette fille ne parvient pas à m'humilier.

Parce que moi, jamais je n'oserai parler de Sergi comme elle se le permet. Même pas dans son dos. Elle en fait sa marionnette, son esclave, un trophée qu'elle revendique. Ne serait-ce que pour ça, je vaux mieux qu'elle.

– Il accourt dès que je l'appelle, il fait tout ce que je lui demande. Il pourrait même voler pour moi. Tu peux continuer à lui tourner autour, il s'en fout de toi. Tu t'es vue ? Quand je veux, je le récupère. »

Ma pauvre fille, ça ne m'impressionne pas.

J'ai beau avoir la haine, j'ai aussi honte pour toi, tu es ridicule de jalousie et de mauvais goût.

Dites ce que vous voulez, je ne répondrai pas.

Je ne vais pas m'abaisser à défendre un soleil auprès d'une allumette.

Face à mon absence de réaction, elles pensent en avoir fini avec moi. Alors elles descendent la côte, en me lançant encore quelques ricanements.

Je termine mon ascension et m'assois sur le banc qui attend les vaillants qui grimpent à pied.

Je pleure.

Je ne sais pas pourquoi. Ça ne peut pas être à cause des insultes qu'elles m'ont dites, ni des revendications amoureuses auxquelles je ne crois pas.

Peut-être ai-je été trop heureuse aujourd'hui, j'ai un trop-plein d'émotions à évacuer et les négatives sont la goutte d'eau qui fait déborder la rivière.

Ou peut-être est-ce la faute de la chaleur, des vacances qui s'achèveront un jour et de l'angoisse que me provoque l'idée de ne plus le voir ni lui parler au quotidien.

C'est sans doute parce que je pense à Sergi et qu'étrangement, ce dernier échange avec des pestes de son passé me fait l'aimer davantage.

Je devrais consacrer un peu de temps à panser mes plaies d'amour propre plutôt que de penser à lui.

Je n'y arrive pas.

Il me fait de la peine, d'avoir cru qu'il ne méritait que ça. Ce n'est pas tout que d'être aimé, il faut l'être par quelqu'un d'admirable.

Nuit 10

Quand j'ai su que Maman allait mourir, je me suis obligée à lui dire mon premier « je t'aime». Pour moi, plus que pour elle.

À peine diagnostiqué que le cancer l'avait déjà condamnée. Elle était ma dernière racine. À quarante ans, j'allais devenir un arbre posé dans un pot. Pour refleurir loin de ma terre, il me fallait tuer les insectes qui me grignotaient encore et caler mon pardon quelque part, entre les centaines de reproches que la peur, la frustration et la douleur lui faisaient m'adresser.

Je lui ai glissé un soir, dans une dernière bise, entre sa joue et la taie d'oreiller. Maman s'est soudain agrippée à mon cou, l'a serré de son frêle bras et m'a fixée de ses yeux effrayés.

Elle n'a rien dit.

Il est difficile de parler d'amour quand les mots n'ont été pour soi que des armes.

Elle est morte le lendemain.

J'ai été la plus grande déception de ma mère. Elle a tenté d'y remédier, puis de la surmonter et finalement de faire avec. En vain.

Je n'ai jamais été la fille élégante, belle, douce et obéissante qu'elle avait souhaitée.

Alors nous n'avons partagé que des disputes. Pour tout.

Ma façon de parler, ma façon de bouger, ma façon de m'habiller, ma façon d'être.

Mais nos pires conflits concernaient ma façon d'aimer.

J'avais dix-sept ans et j'étais amoureuse. Je sentais bien que je transpirais le bonheur, que je brillais de désir, d'enthousiasme, d'illusion et de cette inconvenance que je me fichais de partager avec le monde. J'étais biologiquement incapable d'accepter les conseils de prudence de qui que ce soit. Et trop arrogante pour croire qu'ils me concernaient. Pour la première fois, je n'avais plus peur et je profitais de la vie sans ce poids.

« Mais qu'est-ce que tu crois ? Que tu peux rentrer et sortir quand tu veux ? T'as beau être en vacances, c'est pas un hôtel ici ! Et tu crois qu'on ne le sait pas que tu fricotes avec un garçon ? Si tu crois que c'est ta conversation qui l'intéresse … Tu ne viendras pas te plaindre si tu te fais agresser ! »

Non, Maman, je ne viendrais pas me plaindre. Je ne dirais rien de rien, à personne, comme d'habitude. Je ferais avec. Comme toi tu fais avec ta fille unique que tu ne supportes pas.

Tu sais, Maman, on peut vivre avec tout. La peur, la honte, la culpabilité, la solitude, la haine des autres, la haine de soi. Et on peut vivre avec l'amour aussi. Je le découvre.

Alors laisse-le moi.

Ça a plus de force que tout le reste. Ça tue l'amertume, ça élimine la rancœur. Ça fait mal parce que ça fait du bien.

Et ça fera ce que ça voudra de moi, ce n'est pas grave. Je me sens complète, épanouie, j'ai envie de rire, de courir, de danser, de faire l'amour, je me sens vivante. Pourquoi tu ne le comprends pas ?

Que ce n'est pas un garçon, c'est déjà un homme. Je l'admire, il est beau, il est doux, il est gentil. Il ne me fait pas peur, lui. Il ne m'utilise pas, il me respecte. Il fait tomber tous les barrages, il me fait voir tous les horizons, et il ne s'en sert pas, puisqu'il ignore ce qu'il est, ce que je suis.

Il ne sait même pas que je passe ma vie à m'adapter à tout le monde, sauf à toi, à qui je montre mes pires défauts tant tu m'attaques, me grinces autour pour que je craque. Et sauf à lui, qui me donne envie d'être meilleure, de le rendre fier et amoureux.

Non, il ne va pas me faire de mal.

Oui, il m'aveugle un peu, parce que je sors tout juste d'un long tunnel et que je découvre la lumière.

Oui, il me rend euphorique, parce que je m'ennuyais à mourir et qu'il est comme une bibliothèque pour quelqu'un qui vient d'apprendre à lire.

Oui, je dors peu, je mange mal, je rentre à pas d'heure, je ne parle plus à personne, je souris bêtement. J'ai dix-sept ans et je suis amoureuse, ne souhaite pas que ça me passe.

Parce qu'avoir dix-sept ans, ça passe.

Les disputes et la véhémence aussi.

Plutôt, elles se transfèrent.

Désormais, c'est moi qui m'inquiète trop et c'est mon fils qui négocie chaque liberté avec des excuses bancales.

« Diego, fêtes ou pas, tu n'iras pas dormir chez Luisa. C'est une très gentille petite fille, mais je ne connais pas ses parents, je ne peux pas leur faire confiance … Désolée, mais à dix ans, on ne choisit pas où dormir. »

Je me vois faire et j'espère ne pas trop ressembler à Maman.

Je tâche de faire mieux qu'elle.

Et il n'y a pas un jour sans qu'elle me manque.

Diego n'a pas encore l'amour féroce. Mais ça viendra. Alors je devrais me souvenir combien il est difficile d'à la fois grandir et aimer. C'est même impossible, ça demande beaucoup trop d'énergie pour un seul corps.

Aussi combien on croit tout savoir quand on ne sait rien ou pas grand chose, et que ce leurre entraîne parfois des choix malheureux.

Et je devrais me rappeler combien la vie s'apprend mieux avec un grand amour. Surtout lorsqu'elle est cruelle.

(Jour 11)

« *Chiqueta*, tu vois ces oliviers ? Regarde … *Ayay*, il les a presque tués ! Toutes ces ronces autour du tronc … Comment peut-il respirer celui-là, avec toutes ces épines qui lui tranchent la gorge ? *Pobre olivo[1]*… Je l'ai planté avec mon père, il a plus de cinquante ans … Il a failli tuer mon enfance, le criminel … Quelle idée, ces moutons, aussi ! … *Chiqueta*, tiens, prend les ciseaux, et commence à couper les ronces du dessus … *Por el amor de Dios[2],* mets les gants ! … Attention, parce que les feuilles d'olivier, c'est la pire arme de la Nature. Ça peut te couper la rétine avec une toute petite incision, et après *¡no ves ni tres en un burro![3]* … Ah, regarde ça ! Cette plante, là … Si tu coupes la tige, avec la sève … La sève, elle est orange, et tu peux soigner les verrues … *Mira[4]* … Mais là, on va l'arracher quand même, parce que l'olivier, il faut qu'il sente le soleil … *¡Así no![5]* S'il y en a trop, tu prends le *rastrillo[6]* et tu les peignes pour les écarter … Le manche, plus en bas, prends-le plus en bas … Tu fais une sacrée paysanne, *¡ja!* N'aie pas peur de t'appuyer sur l'arbre, tu peux toucher le tronc,

---

1. Pauvre olivier.
2. Pour l'amour de Dieu.
3. Expression (litt. Ne pas voir trois personnes sur un âne) : ne pas voir plus loin que son nez
4. Regarde
5. Pas comme ça !
6. Râteau.

c'est propre, c'est comme la terre, ça ne salit pas. Encore moins celle-là, c'est la meilleure de toute la région, regarde comme elle est rouge, bien humide. C'est de l'eau en poudre. Elle est si riche que tu pourrais presque la manger ... Tu devrais le faire ! Moins manger de tes cochonneries en sachet, et plus des plats chauds de Lina. Toujours par-ci, par-là ... Et voilà, tu es blanche comme de la chaux ... Jette la ronce derrière, on va faire un tas et quand il fera moins chaud, on le brûlera ... *Pobre olivo, pobre, pobrecito* ... Les oliviers, il faut leur parler, comme aux gens, parce qu'ils sont tristes d'être seuls. Les miens, encore plus, il y a l'autre *sinverguenza*[1] qui les a maltraités ! Alors ils m'en veulent, d'avoir laissé les ronces pousser ... Mon père, il parlait, et les arbres tremblaient doucement. J'avais la main posée et sous l'écorce, la sève pleurait ... Mon père, il inventait des poèmes mais il ne savait ni lire, ni écrire. Il me les récitait tous les jours pour ne pas les oublier ... Moi, je n'ai été à l'école qu'un an. Avec *Don Jaime* ... On remplissait les cahiers, on comptait ... À sept ans, j'allais travailler dans les champs. Il fallait se lever avec le soleil, et on marchait, on marchait, ça faisait une heure de marche, et le soir pareil ... Et après, ici avec mon père. Parce qu'on a eu la guerre, et là, ça ne plaisantait pas. On a eu faim, qu'est-ce qu'on a eu faim ! On mangeait les caroubes, elles étaient bonnes comme du chocolat ... Et ensuite, je suis allé en France, travailler à la porcherie. Parce que si je restais, mon

---

1. Vaurien

138

beau-père n'avait pas de garçon, j'aurai travaillé pour lui et je n'aurai rien eu à moi. J'ai bien fait, il a déshérité Lina, parce que c'était un mauvais homme. Alors j'ai préféré partir avec les cochons … Ça, c'est le plus dur. Les animaux, ils n'ont pas de jour férié. Les cochons, encore moins que les autres ! Je me levais tous les matins à quatre heures pour nettoyer et les nourrir, et le soir tard, pareil. Mais le dimanche, je commençais plus tôt et j'avais quand même la journée pour être avec ma femme et mes enfants … Heureusement, après, j'ai fait les jardins à la mairie, y'avait aussi des cochons, mais pas les mêmes … Ne t'en fais pas, *olivo*, je vais enlever tout ça, je vais couper les branches mortes, on va te laisser tout nu, mais l'année prochaine, tu verras, et dans deux ans, on viendra prendre les olives, et il n'y aura plus aucun mouton, quelques oiseaux, mais ça, je n'y peux rien … Les oiseaux, c'est joli mais ce sont de petits chenapans, ils picorent et ils s'envolent, ils laissent l'olive à moitié grignotée, mais on peut encore la ramasser et en faire de l'huile. Les oiseaux, c'est comme les garçons, *Chiqueta. ¿Comprendes?* Ici, ça parle beaucoup, les gens bavardent sur tout et tout le monde, c'est qu'une bande de voleurs de vie … Mais, quand même, il faut faire attention aux oiseaux qui picorent. Les petits coups de becs, ça t'abîme un arbre … Fais le tour et coupe les ronces au soleil, je ne vois pas bien de ce côté … Où tu vas ?! … Non, ne mets pas la radio, *¡tu música no vale una mierda!*[1]

---

1. Ta musique ne vaut rien !

139

Qu'est-ce qui vous arrive, la jeunesse, que vous ne pouvez jamais être en silence ? Tu as peur de t'écouter penser ou quoi ? … Je parle, je parle, *¿y qué? ¡Ha!* … Tu verras, *Chiqueta*, quand tu auras mon âge ! Le silence aussi, ça parle, et les gens se tuent à force de ne comprendre que les mots … Et tes parents, tu les respectes ! Même ta mère, elle se fâche beaucoup trop avec toi, mais elle est courageuse … Les parents, quand ils disent des bêtises, ils n'en disent pas ! … Ne fais pas cette tête ! *Ayayay,* tu te moques ? Pourtant, j'ai la sagesse des cheveux blancs, et regarde comme je suis plein de sagesse. Mais je suis très bête aussi, parce qu'au milieu, je n'ai plus de cheveux du tout ! … Heureusement que tu es ma petite-fille préférée … Oui, c'est vrai, je n'en ai pas d'autres ! Cinq garçons et toi … Mais c'est bien, c'est bien … C'est important, une fille. C'est précieux. Les vieux d'ici, ils ne pensent pas à ça. Ils devraient ! … *Chiqueta,* dans la vie, il y a des oliviers et des ronces … Tu prends les ciseaux et tu les coupes. Les moutons, tu les fais paître ailleurs. Les oiseaux, ça s'envole. Alors l'olivier, il se débrouille tout seul, il puise l'eau dans la terre, avec ses racines. Juste ce qu'il faut, et ça tient des siècles … Les racines, c'est le plus important, parce que la terre, c'est le plus important … Rappelle-toi, ces terres … Je ne les vendrai jamais. C'est l'héritage de mon père, tu entends ? La maison, pareil. Écoute-moi bien. Les autres terrains, ce n'est rien, ça ne représente plus personne, débarrassez-vous-en, mais pas celui-là. Celui-là, c'est la famille … Et tu viendras à Aguas même quand tu ne voudras pas. *Recuerda[1].* »

★

Sergi est allongé sur sa serviette. De grosses gouttes d'eau coulent sur ses tâches de rousseur. Il a les yeux fermés et l'air détendu des nageurs épuisés qui ont gagné leur course. Bras et jambes étirés, il s'offre au soleil, qui évapore la rivière qu'il porte encore.

Je suis près de lui, engourdie et déjà sèche, sur mon propre bout de tissu-éponge, appuyant le côté gauche de mon corps contre le rocher qu'il recouvre. Depuis quelques minutes, je le regarde, immobile et serein. Comme s'il dormait, perdu dans un rêve agréable, bercé par les rayons qui dansent sur sa peau.

Moi, c'est la rivière qui m'anesthésie. La délicatesse de ses sons, l'invisibilité de ses présences … La nature possède un silence qui n'en est pourtant pas un, mais qui crée le vide en moi, un agréable vertige, une grâce insoutenable.

Et tout ce que Sergi m'inspire en fait désormais partie. Quand je pense à lui, je flotte en moi-même. Comme si je libérais mon âme de toute gravité. Comme si le bonheur naissait d'une nébuleuse. Et que cette rivière me menait aux étoiles.

Soudain, Sergi se redresse et je m'extrais aussitôt de ma rêverie. Il frotte lentement ses paupières, se tape légèrement les joues, étire son front de ses mains.

---

1. Souviens-toi.

« Désolé. Je commençais à m'endormir.

Je m'assois sur ma serviette et replace correctement les plis de ma robe pour éviter de le fixer.

– C'est normal, tu es fatigué. Tes journées sont longues.

– Ça va aller, je suis habitué.

– Malgré tout, merci de passer l'après-midi avec moi.

– C'est rien. »

Non, ce n'est pas rien, c'est extraordinaire.

Nous sommes à nouveau seuls, au pied d'un immense escalier. Juste lui et moi, et cette fois, il m'a fallu un peu insister pour répéter ce privilège.

Je lui ai proposé, il m'a expliqué les nuits blanches et les journées de travail, j'ai minaudé un peu, il a cédé.

Je n'ai pas aimé obtenir ainsi cet instant. Je me suis sentie égoïste et capricieuse.

Mais je sais bien que s'il le fallait, je le referais. Mes jours ici sont comptés ; même si la fatigue et la chaleur nous assomment, je ne veux perdre aucune seconde d'intimité. Mon départ approche, je dois multiplier nos souvenirs. En France, je n'aurai qu'eux pour m'aider à supporter la distance.

Il ne le sait pas mais j'ai aussi dû batailler pour être là aujourd'hui. Les parents ont rechigné à me voir déguerpir. Soudain, ils ont besoin de moi pour immortaliser leurs vacances !

« Allez, on passe une journée en famille. »

Non, je n'en ai pas envie.

Désolée, mais je ne le suis pas.

Et je vois bien comment Papa pose parfois un regard sévère sur mes allées et venues. Ça me surprend au point de vouloir presque céder à sa désapprobation muette. Il est jaloux de ne plus me voir au petit-déjeuner, de ne plus m'avoir près de lui comme au pied d'un refuge. Mais je tiens bon. Sergi surpasse les mots croisés.

Et oui, je le sais bien, décidément c'est une constante ; je suis une adolescente égoïste et capricieuse. Car vous aimeriez que je passe un peu de temps avec vous. Mais non, je ne vais pas apercevoir que même Maman semble un peu triste, et que c'est une occasion entre nous qui se perd. Puisque c'est décidé, aujourd'hui, je ne peux pas, j'ai rivière !

J'ai le silence autour de nous, les reflets du soleil dans les feuilles, les fourmis sur les pierres, les truites qui nagent quand on ne le fait pas, la falaise qui surplombe l'eau qui danse. J'ai tout un univers qui s'agite et nos deux cœurs au centre.

« Qu'est-ce que t'as fait ce matin ?

Sergi me regarde droit dans les yeux.

– Le *Palacio*. Et des papiers.

– Je peux te demander ce que c'était ou c'est privé ?

– Tu es bien curieuse !

Je me sens rougir. Il rit.

– Je plaisante ! Oui, tu peux demander … Je suis allé au Conservatoire pour prendre un formulaire d'inscription.

– Pour l'année prochaine ?

– Oui. Mais pas ici.

– Où ça ?

– Au Canada.

Je me fige.

Le soleil cogne. Mon sang s'épaissit. Je grelotte.

– Tu veux partir au Canada ?

– En tout cas, je veux postuler pour partir. Le conservatoire de Toronto a un programme d'échange avec le mien. Un de mes anciens profs veut appuyer ma candidature.

– Tu partirais ?

– On verra bien. »

Avec les baignades, les fêtes, l'électricité, j'avais oublié. La réalité me cogne à nouveau.

Sergi, c'est le piano.

Sa vie à lui n'a pas commencé avec la mienne. Il existait avant que je l'aime. Aguas est un bel écrin d'eau et de verdure, qui s'habille de musique pendant l'été, mais c'est aussi un petit village, un cimetière à illusions. Il n'y restera pas, il serait stupide de le faire. Aguas n'est qu'une aire de repos entre deux mondes à découvrir.

Mon univers rétrécit à vue d'œil. Je le sens se froisser comme une feuille de papier inutile.

Notre amour n'est plus cette eau vaillante qui s'infiltre et s'étend dans toute la vallée, se multipliant sans cesse jusqu'à tout recouvrir.

Il y a moi et il y a lui. Deux affluents. Et le sien mène à l'océan.

Nous avons cette journée. Elle n'a pas à être éphémère. Si je la rendais spéciale, il en voudrait sûrement d'autres ! Alors il ne partirait pas. Ou pas sans moi. Ou pas sans l'idée de moi.

Sergi ne dit rien. Il pense, le regard plongé dans l'eau. Alors je lui prends la main, je l'ancre à cet instant.

Je feins l'enthousiasme, je balaye la menace.

« On mange ? »

Je sors la bouteille de coca, le paquet de chips et les deux sandwichs de son sac à dos. Il y a une bonne heure qu'on a tout acheté, mais notre repas conserve la fraîcheur du présentoir du *quiosco*.

Je déballe mon bout de pain et commence à le grignoter. Des petites bouchées parce que j'ai encore le Canada en travers de la gorge. Aussi parce que j'ai honte. De manger devant lui.

Ce n'est qu'un pique-nique et pas des plus romantiques. Mais je me concentre sur chacun de mes gestes pour ne pas les gâcher.

Un premier repas à deux, c'est un vrai rendez-vous, plus révélateur qu'une baignade ou que des baisers dans l'obscurité. C'est le premier test d'intimité. On se regarde droit dans la bouche, il y a la langue et les lèvres, les mains qui touchent les mêmes emballages, la salive au goulot de la bouteille partagée. C'est un ballet sensuel qui expose nos habitudes, la politesse quand on mâche, les coudes, les cheveux, la posture.

Tout charme s'enfuit si l'on ne sait pas manger.

Et digérer. Toutes ces calories qui se déposent sur les corps en maillot de bain …

Je suis si imparfaite, je crains jusqu'aux repas.

Mais, désormais, nos regards se croisent, nous nous sourions la bouche pleine et je le sens aussi gêné que moi. Alors, mon corps se libère. Je suis soudain très à l'aise, de cette assurance reposante et naturelle qu'ont les couples qui se connaissent déjà.

Je remarque une miette sur la commissure de ses lèvres. Sans y penser, j'approche mon pouce et j'ose l'enlever délicatement. Je fais glisser ma main sur son menton et caresse l'ovale de son visage.

D'abord étonné, Sergi se laisse faire.

Il mastique encore quand je dépose un léger baiser sur sa bouche occupée. Nous rions.

Je serai plus forte que le Canada.

« Ça me plaît, tout ça.

– Quoi donc ?

– Ce moment avec toi … Ça m'apaise.

– C'est gentil de dire ça. Ça me rassure parce que j'ai tout le temps peur de te déranger.

– Tu ne me déranges pas.

– Mais … Tu as envie de passer du temps avec moi ? Vraiment envie ?

Sergi écarte le paquet de chips qui se trouve entre nous, prend ma main et me cale dans ses bras.

Adossée à son torse, il me murmure :

– Bien sûr.

Je le sens tout près mais je ne le vois pas. C'est la distance idéale pour les cœurs qui s'ouvrent. Alors, pendant que je caresse sa main autour de mon cou, je regarde droit devant et je me lance.

– Sergi … Je peux te dire quelque chose ?

– Dis-moi.

– Je n'avais jamais dit "je t'aime" … Avant l'autre jour. À personne. Même pas à ma famille … Et je sais qu'on ne se connaît pas beaucoup, mais … Je ne sais pas. Quand je suis avec toi, c'est comme un barrage qui explose, j'ai tout plein de mots qui s'entassent dans ma tête. Et j'ai envie de te les dire mille fois.

Sergi respire. Je sens mon dos se soulever régulièrement. Ça dure un peu … Un peu.

– J'ai toujours du mal à comprendre comment on peut avoir des sentiments pour moi.

Je reprends mes caresses sur son bras.

– Tu manques de confiance en toi. Ou de confiance en moi … Je suppose que c'est normal. On vient de se rencontrer.

– Justement, Clémentine. On vient de se rencontrer … Alors comment peux-tu être amoureuse de moi ?

Le ronronnement de l'eau nous submerge. On n'entend plus que lui. Et la conversation lointaine de quelques moineaux bavards. Et mes pensées qui s'agitent pour ne pas me noyer.

– Sergi … Moi … Qu'est-ce que je suis pour toi ?

Son bras bouge un peu. Aussitôt, je l'attrape des deux mains pour ne pas qu'il l'écarte.
Il ne le fait pas. Au contraire. Il approche son visage de mon cou.

– Tu es … Comment dire ? … Tu es inclassable.

Je me libère de son étreinte pour affronter ses yeux.

– Inclassable ?

Il sourit.

– Oui … Je dirais même que je te classe dans l'inclassable !

– Oh !

– Pourquoi « oh » ? C'est un compliment.

– Mais un affreux compliment !

– Pas du tout ! Pourquoi ?

– Parce que c'est … c'est bizarre ! Et ça veut dire que … Que tu ne m'aimes pas. Quand on aime, on n'est pas inclassable ! On est unique, exceptionnelle, à la rigueur spéciale … Inclassable, c'est la poubelle des sentiments ! Quelque chose qui gêne, ce qu'on écarte, dont on ne sait que faire, qu'on ne prend pas la peine d'analyser ! … En fait, tu ne sais pas quoi faire de moi, c'est ça ? … Parce que les gens, quand on les aime, on sait très bien où les ranger.

– Ce n'est pas du tout ce que je voulais dire !

– Je sais, je prends tout mal … Je suis trop exigeante avec les mots.

Sergi garde son regard doux et impassible, à peine traversé par un peu de curiosité. J'ai le flot de paroles qui arrive sur ma langue et je vais les lui dire. Alors je baisse les yeux sur mes jambes pliées et ma robe chiffonnée.

– Tu crois que je ne suis pas amoureuse, mais tu as tort. Parce que tu n'es vraiment pas inclassable pour moi. Au contraire, tu es un très gros dossier, avec plein de pages et d'intercalaires et de post-it … En fait, c'est pire que ça ! Tu es déjà tous les dossiers, et l'armoire à classeurs, et le bureau tout entier ! La nuit, je me pose mille questions, mais il me suffit de passer une seconde avec toi pour que tout prenne sa place. C'est fluide et naturel, et je ne me croyais pas capable de ressentir tout ça, c'est plus fort que tout ce que j'aurais pu imaginer. Tu m'as ouvert comme un livre poussiéreux qui attendait d'être lu. Et maintenant, je comprends toutes les chansons, tous les romans. Je les ressens dans ma chair ! … Alors, je ne veux pas être inclassable si ça veut dire être perdue quelque part, oubliée dans un coin de ta mémoire … Et je ne devrais pas te dire tout ça, mais je t'aime. Tellement … Et je vais t'aimer toute ma vie. Même si tu pars au Canada, même si on ne se voit plus jamais, je penserai toujours à toi et …

Je soupire, je suis à court de mots. Je sens mes épaules s'affaisser, j'ai soudain une fatigue insurmontable d'être moi, d'avoir des rafales de phrases qui emportent toute prudence et maîtrise. Je fixe toujours la robe qui cache pudiquement mes jambes croisées. Le tissu devient flou.

– Viens ici.

Sergi me replace près de lui et tous ses gestes me cajolent comme on console un enfant.

C'est beau tout ce que tu m'as dit, ça me touche … Je suis incapable de te dire ce que je ressens avec la même précision et intensité que toi … Mais ça ne veut pas dire que je ne ressens rien.

– Je comprends … J'aimerais pourtant que tu puisses le faire, ne serait-ce qu'un peu. Ca me rassurerait. Parce que normalement, je ne suis pas si véhémente et enflammée ! Il n'y a qu'avec toi …

– Vas-y ... Dis-moi.

– Il n'y a qu'avec toi que je suis moi.

J'entends toujours la rivière qui s'échappe et se lance violemment contre les pierres, mais les battements de mon cœur tentent de couvrir sa chute. Je regarde Sergi, toujours aussi calme et réconfortant. Mais dans ses yeux intenses, je devine la falaise que mes eaux ont creusée, une béance qui m'attire et m'avale. Je me noie dans des aveux que je ne peux plus maîtriser, ils m'entraînent malgré moi. Je suis beaucoup trop intense pour un amour de vacances, cet instant est trop lourd de promesses pour mes dix-sept ans.

– Je suis désolée. Je me fais peur toute seule, à te dire toutes ces choses. Je vais regretter de m'être autant livrée …

– Ne le regrette pas.

– Je commence déjà à avoir honte …

– Il ne faut pas … Même si tu es vraiment unique pour aborder des thèmes aussi profonds en maillot de bain !

Le rire de Sergi est léger et grave, il contracte son torse et provoque un petit sifflement nasal que je remarque pour la première fois. Je joue le jeu de son regard taquin et feins de cacher mon visage dans le décolleté de ma robe. Soudain, il se rembrunit, me serre dans ses bras et me susurre :

– Clémentine … Je te trouve d'une pureté … D'une fragilité ... D'une détermination à couper le souffle …

J'ai du mal à croire que tu puisses avoir des sentiments pour moi. Surtout si forts. Et si vite … Ça ne me rassure pas d'en avoir besoin … »

Il n'a dit que quelques phrases. Pas le discours que mon cerveau attend, ni la déclaration que mon coeur espère.

Et pourtant, dans chaque respiration, à nouveau l'eau et l'espace.

Le vide et la lumière.

L'âme qui flotte sous la peau, et la sienne si près.

Ses baisers.

★

Je me suis faufilée dans ma chambre le plus dis-
crètement possible. Personne n'a fait attention à moi,
à part Lina, si curieuse, qui m'a lancé un « Ah, tu es
rentrée ! » depuis son fauteuil. J'ai répondu « Oui, ça
y est !» avec un faux entrain et je me suis enfermée
dans mon refuge, attendant de voir si quelqu'un
viendrait me demander des explications …
Non, toujours pas …
Tant mieux.
Je m'allonge sur mon lit et je rêve
        Sergi.
Sergi. Je me répète son prénom parce que j'habite
dans ses lettres.
Maintenant, c'est la seule chose à laquelle je peux
penser.
J'en ai le vertige et la nausée d'être si amoureuse. Ça
désintègre mes cellules, ça annihile mes neurones.
Avec lui, je concentre tout mon meilleur, j'offre tout
ce que je peux livrer, un peu de ma chair et mon âme
dans chaque sourire.
        Mais de retour dans ma chambre, je m'évapore.
Et puis, je panique. Est-ce bien réel ? Comment mon
corps peut-il prétendre créer un tel bouleversement
et y survivre ? Quand je me recompose, j'analyse ses
qualités une à une pour me rassurer. Je récite mes
sentiments pour lui jusqu'à ce qu'ils se matérialisent
autour de moi, m'enrobent et étouffent mes peurs.
Mon bonheur n'a qu'une semaine, je dois encore le
dompter. Et ne pas le tuer dans l'œuf. Alors nous
allons passer la soirée chacun de notre côté. J'ai besoin

de souffler un peu et je crois bien que lui aussi.

D'autant plus que les copains veulent aller en boîte et que je ne vais même pas tenter de demander aux parents l'autorisation de les accompagner.

Ce n'est pas grave, il y aura demain.

Et ce soir. Avec ce sentiment que je découvre : le double manque de lui.

Celui de l'au revoir si tendre, quand mes lèvres touchaient les siennes, à en vouloir toujours plus, de lui, de son temps, de sa présence, encore un peu, toujours davantage, même s'il est tard, que tu es épuisé, que l'on t'attend, ne t'en va pas, reste avec moi. C'était tellement bon, ce manque juste après l'avoir goûté, cette drogue de le laisser pour mieux le retrouver. Et puis désormais, le manque d'après, le criminel, cette substance au vrai sevrage puisqu'il n'est plus là, cette montagne russe qui projette l'âme hors du corps et retourne chaque recoin de viscère pour y installer la douleur. Cette absence qui occupe tout l'espace, il n'est plus là, il est partout …

Les minutes défilent comme si elles étaient pressées, égrenant l'euphorie tranquille qu'il me procure. J'angoisse à nouveau de ce temps qui passe sans lui. Je suis seule avec mes souvenirs de cette journée, mes lèvres me brûlent, tous les détails piquent ma mémoire et je tuerais pour être à nouveau avec lui …

Non. Je ne tuerais pas. Mais je risquerais de me faire tuer pour être avec lui, ça oui …

Je vais demander l'autorisation de sortir aux parents.

(Nuit 11)

La discothèque n'a pas de toit. À peine une espèce de chapiteau en forme de pyramide, qui couvre tout juste le bar et qui veut sans doute justifier le nom du lieu : Khéops. C'est tout ce que l'endroit a d'égyptien ! Le reste me semble n'avoir aucune identité. Un comptoir central disposé en arc de cercle, des bouteilles exposées, des tables et des chaises occupées en bordures, plein de monde dans les espaces sans meuble, des jeunes qui parlent, gigotent, rient, se serrent et boivent de l'alcool.

Il est 23 heures, le Khéops est saturé. La musique est trop forte, ça sent l'humain, la terre brûlée et la boisson fluo. Je me sens déjà désorientée.
Mais nous sommes sous les étoiles et l'air de la nuit emporte par vagues le trop-plein d'odeurs.
J'observe tout ce monde maîtriser des codes que je ne comprends pas. Comme devoir interpeller en criant le barman pour demander ma boisson. Je déteste faire ça. Je me sens déjà si mal à l'aise, malgré la présence de Susi et son copain.

Eux aussi font tàche dans ce décor, tant ils paraissent taciturnes. Ils ont la tête de qui n'a pas envie d'être là. Comme des vieux déguisés en jeunes. Un peu comme moi. Sauf que je me connais, je vais finir par ressentir cet enthousiasme que pour l'instant je feins. Dès que je verrai Sergi.
Dès qu'il m'embrassera, dès que je pourrai danser avec

lui. C'est tout ce que je suis venue chercher ce soir.

Susi commande un gin coca, j'en demande un deuxième. Je ne vais pas le boire, à peine y tremper mes lèvres, mais je compte sur ce verre pour cacher mes dix-sept ans et mon manque d'expérience dans ce genre d'endroit.

Le barman me tend un verre. Malgré le soda, ça sent presque l'acétone. Je le garde à la main pour faire désinvolte.

Entre deux fausses gorgées et deux stroboscopes, je demande, tant bien que mal, à Susi, si les autres vont tarder. Elle se colle à mon oreille et me répond qu'elle les a vus au fond de la salle, qu'on les rejoint dans une seconde. Je tente de les apercevoir, mais d'où je suis, je ne distingue par intermittence que des torses sombres et des têtes sans traits. Ça me frustre, j'ai tellement hâte de les atteindre enfin.

Sa seconde me paraît éternelle. Je suis ballotée par les clients qui s'accumulent devant le comptoir. Je me donne une contenance en piétinant sur place, au rythme des basses assourdissantes, en tenant un peu trop haut mon verre de liquide adulte.

Tout ira mieux quand je retrouverai Sergi.

Je suis impatiente de voir son visage surpris, lui qui ne sait pas que je viens ce soir. Il faut que cette soirée se passe bien, je repars bientôt, je veux emporter des souvenirs inoubliables. Et puis, si elle se déroule mieux que bien, peut-être oserais-je la rendre spéciale …

Oui, les parents ont tort de ne pas se méfier de l'Espagne.

Susi et son copain récupèrent enfin leurs verres. Je les suis à travers la masse de buveurs, puis de danseurs. Nous nous approchons enfin des places assises.

Et soudain, ce que je vois me congèle.

Je sens tout mon corps se cristalliser au fur et à mesure. Je suis figée pour me briser en éclats, depuis le ventre jusqu'aux extrémités. Je serre mon verre si fort que mes os se brisent.

Sergi est assis à une table, et sur Sergi, est assise son ex, la brune, celle qui parle si mal de lui, celle qui est soi-disant si peu de chose qu'elle en a perdu son prénom.

En fait, elle n'est pas assise, elle est affalée. Il lui sert de fauteuil, aux accoudoirs de plus en plus enrobants. Et je vois bien comment elle se frotte pour se lover dans ce siège humain.

Alors ils s'embrassent à pleine bouche et j'en deviens sourde et muette, mais malheureusement pas aveugle. Cette image se grave au burin dans ma rétine.

Dans mes pensées, je crie si fort ma douleur qu'il finit par l'entendre à l'autre bout de mon regard. Il a encore un demi-sourire et la main sur sa cuisse quand il m'aperçoit …

Ses traits se décomposent, il écarte rapidement ses bras d'elle et je le regarde chavirer en lui-même.

En quelques secondes, on s'est compris. Oui, il m'a entendue hurler dans ma tête, et moi, je l'entends s'en vouloir. Mais le mal est fait.

Il plonge son visage dans le cou de Leticia, comme s'il lui parlait à l'oreille, alors elle lève ses longs cils vers moi, ricane et s'agrippe davantage à lui.

Je me retourne, je dépose mon verre sur la première table que je trouve et cherche précipitamment les toilettes.

Voilà à quoi j'en suis réduite …

À devoir surmonter mon amour parfait, enfermée dans un antre carrelé, aux déclarations obscènes, taguées sur les murs.

Face au miroir, je me détaille.

J'ai perdu toute ma consistance humaine, je n'ai plus de cœur, je n'ai plus de cerveau, ni d'entrailles, j'ai perdu les parties du corps qu'il a touchées et jusqu'à celles que j'ai préservées, puisque je comptais les lui offrir. Je n'ai plus rien.

Je ne suis plus qu'une flaque, je pourrais me glisser dans la tuyauterie crasse du lavabo et disparaître.

Je me souviens de cet après-midi avec lui, et des autres jours ensemble … Certes, ils sont peu, mais j'ai passé un million de secondes à rêver de ses yeux, sa beauté, sa voix, à décortiquer ses mouvements involontaires, sa façon de tirer sur les poches de son jean quand il s'assoit, la torsion de ses doigts sur le clavier … J'ai analysé toute sa perfection millimètre par millimètre pour m'assurer de mes sentiments. Toute cette magie me faisait peur, j'ai cherché à l'intellectualiser. Mais j'ai compris, je le sais, oui, je l'aime, d'amour, du vrai, et que c'est concret, documenté, logique, rationnel.

Et puis, soudain, le voilà, dans une toute autre vérité, une que je découvre, si différente de notre connexion quasi surnaturelle. C'est acté : Sergi aime aussi les attentions vulgaires d'une personne dont il ne m'a dit que du mal ...

Mais ai-je raison de les penser « vulgaires » ? Elles ne sont peut-être que terre-à-terre, réalistes, et c'est sans doute ce que j'aurais dû être et faire ... Je ne suis tellement rien, avec mes rêveries, mes idéaux. Est-ce que la magie existe vraiment, là où je l'y mets ? Est-ce que les filles normales pensent à tout ça, face aux miroirs des toilettes de discothèque ?

S'il l'avait regardée comme un chien devant un étal de boucher, les yeux bavant d'envie ... Mais non, il était comme absent, soumis, bête. C'est pire que tout, je le déteste pour ça : il a troqué son charisme contre sa libido.

Je sais qu'il est conscient de ce qu'il me fait, parce que je l'ai vu avoir honte.

Mais sait-il ce qu'il se fait à lui-même ? Car moi, je le mesure déjà : ce genre de gâchis forme des regrets qui nous poursuivront.

Un jour, il entendra un mot ou il sentira une odeur qui le ramènera à ce souvenir, à moi plantée comme une idiote, liquéfiée au milieu de la discothèque. Et alors, il en frissonnera d'avoir mal agi. Et tout son talent ne parviendra pas à effacer qu'il a été un sale type à ce moment précis.

Et moi, je vais traîner toute ma vie le fait d'avoir été laissée pour une gamine insolente, parce que plus jolie, plus mince, plus normale que moi. Je le sais, je sens déjà que j'en déteste mes os que je frotte avec trop d'insistance. Et toutes mes larmes ne parviendront pas à effacer que, face à la première difficulté, je me suis décomposée et que j'ai lâchement fui ...

Je regarde mon reflet dans le miroir. Je pleure, accrochée au lavabo.

Mes joues sont rouges, le rimmel a coulé, j'ai l'air d'un panda bouffi sur le point de s'écrouler.

« Calme-toi, concentre-toi. Tu dois quitter ce lieu avec un minimum de dignité et ne pas donner satisfaction à sa pouffiasse.»

Mais en fait, qu'est-ce que je m'en fous de ma dignité et de ce que l'on est censé faire pour se protéger des humiliations ! Je l'aime, il est à moi, je suis à lui, nous avons une bulle d'amour dans laquelle nous avons flotté des heures, à nous connaître seuls, à nous désirer ensemble, au-dessus de tout, une entité enrobante si intense qu'elle en était palpable pour les autres, si pure que nous devenions quasi divins ... La dignité ne se perd que si on l'abandonne et moi, je serai si fière de tout risquer pour lui, jusqu'à des morceaux de moi. Je suis partie alors que j'aurais dû le confronter, c'est uniquement là que j'ai perdu ma dignité ...

Je l'aime tellement que je dois faire en sorte qu'il le sache, tant pis si ce n'est pas convenable, si on me trouve ridicule. On ne se préserve pas quand on aime : on souffre, on se déchire, on se divise, on se rabaisse, mais on se bat ... Non ?

S'il doit y avoir lutte, c'est maintenant ou jamais : je sors précipitamment des toilettes.

Je me faufile entre les gens, je bouscule un serveur, et

j'avance d'un pas décidé en direction de la table où Sergi était assis. Il n'y a plus que Susi et son copain. Elle me regarde avec un air compatissant.

« Le groupe est parti, on va rentrer aussi. »

(Jour 12)

J'émerge avec le souvenir d'un mauvais rêve dans mes entrailles.

J'ouvre les yeux et soudain, le cauchemar prend forme dans la réalité.

Il ne m'aime pas.

Je peux refermer les yeux, à quoi bon désormais ? Si seulement cette lourdeur que je porte pouvait me noyer à nouveau ... Mais je n'ai plus de quoi pleurer et la fatigue ne m'aidera plus.

Je croyais que la tristesse n'était qu'un fond sonore, comme des acouphènes ou une migraine qui ne passe pas, mais qu'on apprivoise pour fonctionner. Non, le chagrin, c'est aussi un coup de poignard, sa déchirure, sa douleur, son écho, puis un silence et à nouveau un coup de poignard, et sa déchirure, et sa douleur, et son écho. Et ça n'en finit jamais, ça relance à chaque battement. Sans larme maintenant, mais avec des hurlements confinés que je m'adresse en moi-même.

Je peux mordre l'oreiller, me serrer en boule dans un coin du lit, j'ai beau me lever, me recoucher, marcher à nouveau, m'asseoir par terre, tirer le drap ... Rien n'y fait, il est là partout, tout me le rappelle, tout me fait souffrir.

Et que j'aimerais le voir maintenant, et lui dire combien je le déteste, qu'il a été une erreur, et je pourrais embrasser tous les mecs de sa bande de crétins devant lui, pour qu'il voit et qu'il sache, et taper sa grognasse d'hier, sa pouf qui ne durera pas l'été, et cramer la discothèque, et …

Que ça fait mal, que je déguste …

Ça oui, je la goûte et je la savoure, la souffrance. J'ai son goût amer, brûlant, dans la bouche, dans la gorge où elle s'accumule en boule de rage, dans le ventre où j'ai reçu le coup de poing.

Oh mais que j'aimerais le voir maintenant, car non, je ne te déteste pas, je ne changerais rien, je referais tout pareil, parce que j'ai plus vécu en quelques jours que pendant toutes ces années d'attente, quand je ne savais pas être moi … Je ne te déteste pas …

Si, je changerais tout …

Si j'avais su, je t'aurais serré davantage dans mes bras, je n'aurais pas attendu que tu m'embrasses, j'aurais tout fait de moi-même.

Si je pouvais maintenant, oui, je donnerais tout, je renies tout, je m'en fous, j'abandonne, même pour ne puiser à ta source que le nécessaire, juste de quoi épancher quelques heures tout cet amour que j'ai pour toi.

Dieu que ça fait mal …

Et la terre qui n'a pas eu la sagesse d'arrêter de tourner ! Alors il faut donner le change dans un monde qui n'a plus de couleur, où tout devient gris, même le ciel, où la brise se lève, où la pluie menace, pour faire table rase et emporter la poussière de l'été.

Et il faut manger, écouter, obéir, faire, défaire, ranger … Que c'est dur, il faut sourire, parler, parader, argumenter ... Faire semblant de vivre comme hier, avant qu'il n'embrasse cette fille, avant que le sol ne s'ouvre et ne m'avale, avant mon autopsie publique.

Nouveau coup de poignard à chaque phrase que je dois prononcer, et l'intensité de la douleur est accentuée par des mots assassins : valise, demain, *despedida*[1].

Je prends ma douche pour ne pas fondre. L'eau bien froide, glacée, pour anesthésier, et tant pis si je grelotte. J'ai encore la brûlure de ses regards en moi, le souvenir vif du court-circuit à l'origine de l'incendie. Et l'eau ne peut pas le maîtriser.

Rien ne peut.

Ni la maison, ni la rue. Mon univers est trop petit pour tout ce que je ressens, je me sens écrasée. Alors je pars ailleurs.

Je mets mon walkman pour que la musique accompagne mon trajet aléatoire et m'isole des joies anodines des autres. J'en vois qui parlent et rient, ils peuvent, eux, ils ne savent pas ce que ça fait de perdre la moitié de soi et de risquer l'autre.

Je voudrais courir, les yeux fermés, les ignorer complètement ; ni le temps lourd ni le désespoir ne me le permettent. Mes jambes portent ma fuite, c'est déjà beaucoup. Je me laisse glisser comme Aguas déroule ses rues.

Enfermée dans ma musique salvatrice, je n'y pense pas. Mais mon corps dévale seul jusqu'aux gorges où

---

1. Les adieux.

nous étions ensemble, cet endroit que nous seuls connaissons, notre espace entre ciel et rivière.

La douleur se ravive à l'approche des escaliers, l'écho s'amplifie à chaque marche. Je dois m'arrêter, je m'assois, j'ai la tête qui tourne, j'ai mal au cœur.

Toutes les mouches disponibles volent autour de moi. C'est normal, l'orage va bientôt éclater en sanglots et je suis un cadavre. Je ne devrais pas rester ici par ce temps.

Tant pis.

Les rochers sont secs, mais l'eau s'agite déjà. La falaise dessine une parenthèse dans laquelle je suis enfermée. Un peu de pluie et je suis déjà tentée de m'y noyer. Quelques gouttes pianotent les cailloux blancs et gris …

Ces fragments de chaos, ces restes de montagnes, ces inaperçus au fond de l'eau … Lui les a vus, les a touchés, et je voudrais tout oublier.

Qu'est-ce que je vais faire maintenant ?

Je n'ai envie de rien, je suis vide de tout. J'ai donné mon énergie, j'ai brillé un instant pour qu'un autre y puise sa lumière. Il a tout pris, je suis éteinte.

Il a emporté la curiosité, le désir, les rires et l'amour. Ma béance n'est que noirceur désormais, je ne suis plus intéressante. Je ne devais valoir qu'un temps limité, alors que d'autres inspirent l'éternité.

On n'embrasse pas deux filles dans la même journée. En mon absence, mon souvenir aurait dû lui suffire. Je sais déjà ça, à mon âge …

Et aussi que la passion est surfaite. On en rêve

mais on ne la supporte pas.

Sinon, je me trouverais belle, à compter les minutes assise au bord de la rivière, à pleurer ma jeunesse sous une pluie d'été. Alors qu'avec toute cette eau, et ce coup de foudre qui déchire mon ciel, je ressemble davantage à un chien mouillé.

Je suis ridicule.

La nature perd sa beauté harmonieuse sous le déluge qui fouette désormais la rivière.

Je m'échappe rapidement d'elle, je la sais traîtresse. Toute cette eau qui s'abat sur elle élargit son lit, ça la réveille et ça la brusque. Elle en devient marron de colère, la violence la rend sale. L'eau déborde soudain jusqu'à mes pieds.

Je me réfugie un peu plus en hauteur, à peine protégée sous un avancement de rocher, près de l'escalier. La terre n'est que boue qui frémit, les gouttes ont laissé place aux cordes.

Je suis trempée, j'ai froid et si je reste davantage, je risque d'être emportée jusqu'à la cascade. C'est déjà arrivé, une famille d'imprudents en est morte …

Alors pourquoi est-ce que je ne bouge pas ?

Je reste bêtement à grelotter dans un trou de forêt devenu hostile. Je suis sûre que tous les animaux sont planqués, enterrés dans leur endroit secret. Et moi, je suis là, dans ce qui va être un piège sans issue.

Les arbres qui font barrage en amont vont bientôt céder et ça va être la chevauchée des Walkyries, emportant tout sur leur passage. Je le sais, je les entends déjà craquer, et on m'en a parlé tellement de fois.

Chaque nouvel été, la rivière sort de ses gonds, envoie tout valser, et en sort différente, prête à être une nouvelle fois apprivoisée.

Quand le soleil réapparaîtra et séchera tout ce débordement furieux, il n'y aura plus l'empreinte de Sergi.

Disparues les branches, les pierres qu'il avait touchées. L'eau aura fait peau neuve et malgré ça, je n'oublierai pas …

En attendant, je suis en plein milieu de sa crise et la métamorphose va me pousser au saut de l'ange.

Va, ne sois pas stupide, l'escalier est à deux mètres. C'est tout ce qui distancie ta vie de la noyade. Ou d'une grosse pierre sur le crâne si l'eau te précipite dans le vide.

De l'eau, tu en as déjà plein le visage, elle sort davantage de tes yeux que du ruissellement céleste. Rien ne mérite de se faire avaler par la nature qui souffre.

L'escalier, il faudra le gravir, avec tout le poids de cet orage qui m'accable et tout ce boulet d'amour déçu qui appuie au fond du ventre.

Je n'en ai vraiment pas envie, mais je vois bien combien l'eau non plus n'est pas légère.

Alors, c'est décidé. J'enjamberai les deux mètres et je monterai l'escalier. Je prendrai Aguas à contre-courant, j'affronterai les flaques de la Capilla, puis le torrent de reproches à la maison. Fuir l'eau de la rivière pour en trouver partout ailleurs …

Mille autres occasions de me noyer m'attendent.

Mais pas ici, pas pour de vrai … Je ne bouge toujours pas, mais je vais le faire. Je vais le faire …

J'attends encore un peu … Le courage de faire face me manque … À dix … Allez, va, à dix, tu montes, tu as déjà les hanches submergées …

Dix.

Je regarde la gorge depuis la dernière marche de l'escalier. D'ici, rien n'est beau. La rivière est café au lait, avec des grumeaux de terre et des cadavres végétaux qui cognent avant le grand saut. Elle se bat violemment contre les parois de la falaise gris béton. Le chemin que j'emprunte est boueux, les oliviers alentour plient sous le poids du déluge. Tout sent le chien mouillé, la terre retournée et les porcs enfermés.
Le village aussi a perdu son soleil.

Je quitte les champs et atteins la première maison. Évidemment, les rues sont vides. Personne n'est assez bête pour affronter les caniveaux engorgés et risquer la pneumonie. Pourtant, sous la pluie qui baigne mon visage baissé et le rideau que forment mes cheveux trempés, il me semble apercevoir quelqu'un qui approche.
Je m'arrête sous le balcon d'un premier étage, qui me protège à peine. Cette personne me rejoint.

C'est Mario. Il a l'air inquiet et nerveux.

« *¿Estás bien?*[1]

Quelle question ! À ton avis ?

– *Sí, ¿por?*[2]

– Je suis passé te voir chez toi et on m'a dit que tu étais sorti avant l'orage. J'avais peur qu'il te soit arrivé

---

1. Ça va ?
2. Oui, pourquoi ?

quelque chose.

– Je n'ai rien, tout va bien.

– *Vale*, je te raccompagne alors.

– Je t'ai rien demandé !

– *Que te llevo a casa.*[1]

Mario m'agace. Je n'ai aucune envie de lui parler, ni même de le voir. Mais la meilleure façon de m'en débarrasser au plus vite, c'est de le laisser faire.

On se met en marche, d'un pas rapide, en partie à cause de la pluie, mais surtout parce que j'accélère la cadence pour raccourcir cet instant. Au pied de la *calle de la Capilla*, j'ai la subite envie de courir, je ne vais jamais tenir le rythme tant la pente est raide, mais ça me soulage de le faire suer.

J'ai tellement la rage contre lui. Il apparaît toujours au pire moment quand je ne veux surtout pas le voir. Il ne dit rien, me suit sans se plaindre, mais il me regarde, souvent, du coin de l'œil, comme s'il craignait que je m'évapore. Je n'en peux plus de sa sollicitude, de la pitié que je lui inspire et puis le coup de grâce …

– Personne chez toi ne sait ce qu'il s'est passé hier.

Je m'arrête net.

– QUOI ? Tu en as parlé à ma famille ?

– Calme-toi, je n'ai pas dit ça.

– Qu'est-ce que tu as raconté ?

– Rien du tout. Je te dis juste que tu n'as rien dit chez toi.

– Et qu'est-ce que j'aurai dû dire ? Vas-y, je t'écoute.

---

1. Je te ramène chez toi, point.

– *Lo de Sergi.*[1]

– *¿Qué, lo de Sergi?*

– Il n'aurait pas dû te donner de fausses illusions. Mais ce sont des choses qui arrivent.

– Mais de quoi tu parles ?

– Tu le sais bien … Il voulait profiter, ne pas être sérieusement en couple. Tu étais là, ça s'est fait … Mais il est amoureux d'elle, tu comprends ? Avec Leticia, c'est sérieux. Ce sont des choses qui arrivent, tu ne peux pas décider quand ça te tombe dessus …

Ça y est, je suis morte.

Je croyais pouvoir me noyer comme Virginia Woolf, mais je suis Cyrano qui a reçu une poutre sur le nez. Et celui qui vient de m'achever se croit mon ami et se veut davantage. Alors que je vais définitivement le bannir de ma vie à cause de cette conversation. Il veut me réconforter mais il m'a sacrifiée comme on le fait d'un cheval blessé quand il ne peut plus courir.

Mario, tu n'aurais pas dû venir me chercher. Tu vas connaître le même chagrin que moi, parce que là, tout de suite, je te déteste. Tu es venu par amour et tu ne recevras qu'une haine froide et limpide.

– Je peux continuer toute seule, la maison n'est plus très loin. Merci d'être venu.

– T'es sûre ?

En temps normal, son regard suppliant me ferait de la peine. Là, je suis intransigeante et ça ne me ressemble pas. Mais, on ne pardonne pas aux assassins d'espoir.

---

1. Au sujet de Sergi.

Il a éteint ma dernière lueur. Aux yeux de tous, je suis bien moins que ce que j'imaginais. Je ne me croyais pas particulièrement valorisée, mais passer pour une fille facile, dans ce village d'un autre siècle, c'est irrémédiable.

Il me fait ressentir des sentiments gênés qui me laissent entrevoir ce que Sergi a dû éprouver face à mes déclarations brûlantes. Mario m'offre un miroir qui me donne la nausée de moi-même.

Et le pire : il a tué la petite voix qui me parlait encore si bien de Sergi, qui me rappelait nos moments à deux, son respect pour moi, son regard de culpabilité, mon intime conviction qui me disait « ce n'est pas possible, il ne t'a pas utilisé, il y a quelque chose d'autre que tu ne comprends pas, mais quand tu sauras, ça va tout arranger. »

Mario a fait de mon grand amour, un salaud.

Et de moi, une connasse.

Parce que son amitié et tous ses bons sentiments, désormais, je m'en fous.

 – *Muy segura. Adiós, Mario[1].»*

---

1. Très sûre. Au revoir, Mario.

Année 25

Années 1 et 2.

Mon corps ne pense qu'à lui.

Si la rivière n'a pu emporter son souvenir, ce n'est pas le quotidien qui le fera.

Toutes les chansons, tous les films, même les statues parlent encore de lui. Et comme je déteste tout ce qui me le rappelle, j'en viens à détester l'univers.

Je m'isole et j'attends que ça passe ...

J'attends ...

Et j'aimerais pouvoir cesser de compter le temps que je perds, alors qu'il passe sûrement le sien avec elle. À vivre avec elle, à rire avec elle, à avoir mal pour elle. Sans jamais penser à moi.

Années 3, 4, 5.

La vie s'impose. Je l'ai choisie par défaut, mais elle ne s'en contente pas. Elle s'installe en moi et prend le dessus. Je l'ai promis à la *Abuela*.

Études supérieures. Pas celles que j'aurai voulues, mais celles que mon énergie tolère. C'est déjà plus que je n'espérais en les commençant.

S'ajoutent quelques flirts parce que la vie aime l'amour. Ils apaisent la solitude grâce aux fameux « papillons dans le ventre ». Mais j'avais raison, ils n'ont rien d'incroyable.

Année 6.

Un homme m'aime. Vraiment.

Il est jeune, mais solide et structuré.

Je suis son évidence, sa source et son horizon. Il a le besoin viscéral de faire de moi son unique : il veut m'épouser.

Alors je le fais.

J'effleure le bonheur, je me réconcilie avec moi-même. Mieux que des papillons, moins qu'un volcan. Surtout plus jamais de rivière.

Sébastien est un lac sur lequel se réfléchissent des étoiles, et pour la première fois, je peux les compter. Je les vois même quand j'aimerais m'y noyer.

Années 7 à 13 : ma carrière.

Je ne suis pas journaliste, mais j'écris.

Tous les jours.

Beaucoup.

Trop.

Jusqu'à l'écoeurement.

À en vomir des mots menteurs.

J'écris le packaging du vide.

Je manipule mes lecteurs pour atteindre leur Mastercard.

Sans jamais rien signer.

En fantôme du papier glacé.

Je suis une prostituée de la ligne.

Pour un concept, je tarife mon cerveau et je dévore ma propre âme.

Ça s'appelle « le marketing »

Je déteste.

Je renonce.

Alors je fais des enfants. Autant donner mon meilleur à ceux qui le méritent.

Je le fais comme le reste, jusqu'au bout de moi-même.

Une grosse dizaine d'années.

14 à 24.

Le temps qu'il faut pour surmonter les couches, les nuits blanches, les dents, les coliques, la varicelle et autres maladies qui piquent, les vêtements à acheter, à vendre, à réutiliser pour le deuxième, l'angoisse de les perdre petits, l'angoisse de les perdre grands, l'angoisse de les perdre au supermarché, les jouets qui rendent stupides, les dessins animés que l'on n'aime plus regarder, toutes les premières fois, la marche, l'école, le vélo, la nage …

Le temps d'apprendre tout ce que font les bonnes mères. Du moins, ce que je crois qu'elles font … La cuisine maison, le marché bio, les numéros sur les oeufs, les tutos de couture, les patrons des déguisements, les robes des poupées, les fêtes avec les copains, l'administratif, toute cette paperasse inutile, les réunions scolaires, les connaissances en médecine générale et autres spécialités, les activités manuelles, la peinture, même celle des murs, un peu de plomberie et de mécanique, au cas où, l'électricité de base jusqu'à la soudure à l'étain, beaucoup de carrelage, de perceuse et de montage de meubles …

Mais surtout le temps d'apprendre les câlins que je donne à fonds perdu, les histoires lues jusqu'à pas d'heure, cachés sous les couvertures, le camping improvisé dans le salon, l'école buissonnière pour aller au ciné, parce qu'on s'en fout du contrôle qui fait peur, les fast food surprise, les bols de bonbons qui ne comptent pas si on se brosse bien les dents, les vrais repas dans la dînette, les "je t'aime" mille fois par jour …

Le temps qu'ils décident que tous mes sacrifices sont normaux et qu'ils commencent à s'en moquer pour ne valoriser que les leurs.

14 à 24.

Mais ça sera perpète.

Je les adore.

Je m'épuise.

Année 25.

Je pense à moi. J'arrête de courir à vouloir tout faire et je commence à courir pour de vrai, dans les bois.

Ça fait réfléchir, ça retient le temps.

Je lis beaucoup, ça fait écrire.

Je me recentre. J'y parviens.

Pas longtemps.

Parce que, quand tout est là, décalé mais aligné …

Je n'y suis plus.

Aguas m'aspire de plus en plus. À chaque disparition, à chaque anniversaire, il faut penser au village, à la maison.

Et puis Sergi.

De brèves apparitions à distance pour rappeler que, même hors cadre, il reste présent.

Que les sentiments, de l'amour à l'abandon, guettent toujours dans le noir, comme une meute de loups affamés.

Que si le temps se mesurait en intensité, lui seul serait éternel.

Qu'il reste la même rivière en moi, toujours prête à déborder, contenue par un barrage si vieux qu'il pourrait fissurer.

Année 7.

Le monde entier lui ouvre les bras. Il pianote partout, aussi sur Internet.

On se retrouve, on parle un peu. Il tenait à moi, vraiment, et ça l'a dépassé.

J'aurais voulu en savoir plus pour enfin pardonner. Mais je réalise que le pardon est un choix qui n'a pas besoin de mots.

J'ai la tentation de lui écrire encore et encore …

À quoi bon ? Il n'est déjà plus là.

Année 12.

Premier appel, quand sa carrière s'épuise.

Il cherche un peu de repos au bord de l'eau, une pause poury contempler son reflet, s'assurer de sa valeur, sans risquer de se noyer. Tel Narcisse, mais dépourvu d'égo, quelques minutes fatigué.

Alors je suis là, un miroir qui lui montre ce qui aurait pu.

Et je me brise quand sa voix disparaît.

Année 17.

C'est à mon tour de puiser dans ses mots la force de continuer. Ma famille se décime, rien ne va. La presse parle de lui, il brille en Europe. Pas au Canada.

Un mail et il revient, généreux comme l'océan. Sa réponse me ramène paisiblement sur la grève, s'assure que je respire et se retire avec bienveillance.

Je lui dois le futur qu'il me reste.

On pardonne tout à qui vous sauve une fois.

Année 25.

Aujourd'hui, en silence.

Plus de la moitié de nos vies à nous suivre à distance, obligés par un sentiment que nous ne comprenons pas. Un lien privilégié qui unit des années de rien ou de pas grand-chose. Quelques mails, deux-trois conversations qui prennent la rivière à contre-courant.

Des « que deviens-tu ?», « tu as combien d'enfants ?», toutes ces platitudes lancées sans envie qui ravivent l'eau endormie. Ça ne fait pas une vie.

Pourtant, ce sont des ricochets qui le rendent immuable.

Il résiste à tout. Aux années, aux kilomètres, aux autres.

Rien ne l'efface.

Il reste tout ce que j'ai un jour préféré.
Tous les niveaux de paradis, tous les cercles de l'enfer.
Il restera, sans même l'avoir mérité.

Année 25, la première où nous coïncidons à Aguas.
Nous pourrions nous revoir. Peut-être … Enfin ?
La possibilité existe.

Je l'ai voulu une seule seconde, mais si fort que, soudain … Coïncidence ou magie, un nouveau ricochet.

« J'espère que tu vas bien.»
Je serais tentée d'y voir un signe, mais la vie n'en envoie jamais.
Ce n'est qu'un sms.
Avec une seule certitude : il pense encore à moi …
Au moins, pendant qu'il l'écrivait.
Pendant un instant, il a lui aussi compté les mètres qui nous séparent.

Je fixe ses quelques mots sur mon écran.
Je cherche à les comprendre, à deviner ce qu'ils cachent.
Mais je ne sais déjà pas ce que je porte en moi, où me mène ma volonté.
Le courage …
Est-ce quand on refuse de se jeter à l'eau ou quand on nage pour ne pas s'y noyer ?

Jour 13

Je mélange lentement le sucre au café. Il n'y a presque plus rien à remuer, mais je dessine des ronds avec la cuillère, pour habiller le silence.

Le bar est vide. Je n'ai plus personne à observer, plus de conversations auxquelles me raccrocher, alors je pense à lui, à ses quarante minutes de retard, à moi devant un arabica. J'avais oublié que je déteste le café. Mais il me donne une contenance et l'occasion n'est pas au chocolat chaud. Je serre la cuillère et l'anse de la tasse, mon arsenal pour contrecarrer le malaise d'attendre.

J'ai l'impression d'être ici, sans vraiment l'être.

Je me regarde regarder ma table.

J'ai un creux à l'intérieur, qui se cristallise comme la faim. J'ai l'impression de m'avaler moi-même. J'ai honte d'être toute seule, à attendre.

Et tout ce blanc, cette lumière grise de ciel nuageux qui se reflète dans le bar.

La cuillère qui tourne, qui tourne … Ce café qui danse seul.

Ça m'agace.

Il m'énerve.

« Demain, midi, au bar du Teatro, là où nous nous sommes rencontrés.»

Il n'est pas venu.

Et s'il l'avait fait ?

Se voir pour la première fois après vingt-cinq ans, est-ce si déraisonnable ?

Il y aurait eu quelques minutes de gêne, à ne pas oser se regarder dans les yeux, à se sentir un peu gauche. Mais on aurait commandé un café, on aurait parlé, de tout, de rien. Et ça aurait été. Alors, on se serait dit au revoir, avec peut-être un câlin affectueux sans conséquence, et ça aurait marqué le début d'une saine amitié indolore.

Peut-être que ça se serait passé comme ça …

Non, sûrement pas …

La gêne, je l'aurais surmontée. Mais juste pour te regarder droit dans les yeux et imprimer dans ma mémoire ce nouveau toi au visage plus mûr.

J'aurais eu peur de te parler, mais davantage du manque de mots. Parce que, quand tu te tais, tu penses, alors j'ai tendance à combler le vide avec des raccourcis, même si tu détestais ça.

Je crois que tu m'aurais encore plu … Non, j'en suis sûre, et même davantage. Je t'aurais trouvé beau à en crever. Parce qu'entre nous, c'était aussi chimique, et que les hormones, ça ne change pas de goût à cause de quelques rides. Ça m'aurait mise en colère, toute cette odeur et cette peau qui m'appellent et qu'on me refuse. J'aurais tenté d'avaler ma frustration et ma peine, mais tu les aurais perçues, parce qu'elles compriment déjà mes viscères et font gonfler les veines de mon cou alors que tu n'es même pas là. Tu serais resté calme, enfermé dans ta douceur, protégé par ton sang-froid. Toujours si déroutant, comme j'aimais …

Je t'aurais obligé à rester le temps d'un second café, que tu aurais accepté par gentillesse mais sans envie. Parce que tu finis toujours par vouloir me fuir. Mais du regard, je t'aurais supplié encore quelques minutes de torture, s'il te plaît, que je me rappelle pourquoi tu as pris mon coeur sans jamais l'utiliser, juste pour le posséder, le contempler de temps en temps, pendant que moi, j'ai fait sans, comme un puzzle inachevé. Encore quelques secondes face à toi, que je puisse te perdre à nouveau, mais à la longue, par gorgées, que je puisse avoir un souvenir de plus qui m'aidera à te garder encore.

Un adieu au compte-gouttes.

Mais il n'est pas venu.

Combien de temps attendre encore pour être sûre ?

C'est ridicule …

Je me lève, j'appelle le serveur qui apparaît, je paye mon café, je sors.

Je suis devant la place du Palais … Il y a vingt-cinq ans, il ne s'était pas fait attendre …

Je déambule dans les rues et je me souviens.

J'étais faite pour souffrir de toi. Ma jeunesse me conduisait à t'aimer. Pas comme une solution, mais en résultat de tous mes chagrins. Quelqu'un qui viendrait les sublimer. Parce que ta solitude résonnait dans la mienne.

C'est de l'art, être seul. Ça se travaille au corps, ça se modèle, puis ça prend vie et ça dépasse tout.

La solitude, on la décide d'abord, mais ensuite, elle s'anime, difficile, capricieuse, exigeante, et on ne s'en débarrasse pas. Mais, quelquefois, on la dompte, grâce à quelqu'un.

Ma solitude était rêveuse et coupable, sous des rires et des joies et des bavardages trompeurs.

La tienne était silencieuse, féroce comme un prédateur blessé : rien à offrir, juste survivre.

Ensemble, nos solitudes se seraient annulées l'une l'autre.

Avec toi, je n'étais plus seule. Je me sentais enfin moi-même. Je portais une source d'eau inépuisable, capable de tout donner sans jamais tarir.

Sans toi, je suis. Je stagne. Tranquille. Mon eau est aspirée par le fond, mon niveau baisse. On dit que c'est l'âge qui rend sage. C'est faux, c'est juste la vie sans toi.

Alors je nage grâce à ton souvenir. Tu vis dans l'ombre de mon âme, tu m'accompagnes toujours. Je pense à toi à chaque seconde. Et comme je les compte en continu, ton absence finit par se matérialiser en une ombre de toi …

Non, c'est faux.

J'avoue, parfois tu disparais.

Le corps a ses limites, le mien cherche le repos dans l'amnésie.

Mais pas longtemps, car tu finis par revenir, rapidement, et avec plus d'intensité. Comme si tu devais rattraper les minutes manquées.

Voilà, c'est ça : je ne t'oublierai jamais, mais je t'oublie plusieurs fois par jour.

Tu ressurgis dans ma mémoire plusieurs fois par jour.

Le même coup de foudre, la même rupture, à répétitions.

Un supplice si terrible qu'aucun dieu grec ne l'avait encore inventé.

   Les rues défilent sans que je les vois.

Le soleil est haut, je suis triste … Il n'est pas venu …

Je sens mon coeur s'effondrer de déception.

Oui, les cœurs s'effondrent, ils ne se brisent pas.

Ils s'effondrent, puis ils saignent, se gangrènent, meurent et se désagrègent par petits bouts. Ils s'évaporent dans une douleur sourde, créant des manques. Et la vraie souffrance naît des cœurs partis en nuage.

   À dix-sept ans, j'ai au moins perdu un ventricule avec ma métamorphose inachevée. J'étais une chenille, je ne suis devenue papillon que pour finir épinglé sur du liège.

Aujourd'hui, s'envolent des petits bouts de « temps qui passe ». Je suis grignotée par ses secondes, ses minutes, ses heures redoutables, qui m'éloignent de ces quelques jours et pour toujours des gens qui les habitaient. Tant d'années qui défilent, de saisons qui meurent, qui emportent les feuilles et jusqu'aux arbres, juste quand on commence à en apprécier la beauté.

Le temps vole tout, alors je m'accroche à notre jeunesse …

   Voilà. Je suis aux limites de Aguas. La dernière de ses

rues, celle qui mène à la maison, aux enfants et Sébastien sur le point d'arriver. Déjà …

Je vais me rendre à ma famille.

À ma vie, mon amour réfléchi, mes batailles sereines, mon bonheur sympathique. Un lac.

C'est comme ça …

J'avance près de ma porte quand soudain, mon regard se pose par terre.

Sur une tâche de peinture fraîche, là, juste devant.

Une grande flaque cernée de grosses gouttes, qui s'étire soudain vers la route, celle qui quitte le village pour rejoindre les champs.

Par curiosité, je suis cette ligne imparfaite et emprunte le parcours qu'elle trace. Elle s'interrompt rapidement pour reprendre amincie, devenant un filet blanc beaucoup plus discret mais bien visible. Comme si quelqu'un comptait flécher un trajet tout en économisant sa peinture … Mais ce n'en est pas … Ça ressemble à une boue diluée, un liquide argileux.

C'est de la chaux.

Un trait de chaux blanche.

Le lien qui relie les amoureux …

Serait-ce possible ?

Je me prends à courir après cette ligne.

Quelque chose me dit que c'est bien vrai, qu'il l'a fait. Mais je veux en avoir le cœur net au plus vite, tant pis si je dois être déçue.

Courir … Une distance qui me paraît interminable.

Et toujours regarder par terre …

Chaque variation d'épaisseur dans le trait de chaux me soulève les organes, je crains qu'il ne s'arrête abruptement. Mais non, il continue, frêle, mal dessiné, mais sans interruption.

Il avance, se tortille, comme un ruisseau se fraie un passage entre l'asphalte et le béton. Et je le suis fidèlement, essoufflée, effrayée qu'il ne s'évapore si je ne le longe pas assez vite.

Soudain, le filet blanc devient à peine visible. Si fin que la chaux devient craie … Oui, c'est bien ça, il me mène à l'eau ! Il relie bien le lac à ma rivière.

Je passe devant le chemin qui descend à la rivière, ce couloir bordé d'orangers, là où il avait jadis garé sa moto. Il y a désormais un panneau qui donne quelques indications touristiques et des consignes de sécurité. Je ne les lis pas. Je dépasse l'entrepôt désaffecté aux inscriptions obscènes, qui, vingt-cinq ans plus tard, cache encore nos escaliers. Mais je ne les descends pas. Étrangement, le trait continue le long de la falaise, liquide sur les rochers, épais sur les herbes. Je le suis encore …

Puis plus rien.

Soudain, il s'arrête, au milieu de nulle part, dessinant avec précision deux pointes de chaux épaisse. La flèche désigne un chemin de terre, celui qui descend à la cascade.

Le plus bel endroit de la région, désormais touristique.

Celui où nous devions aller ensemble …

Le sentier est balisé mais on peut toujours s'y perdre. Les saisons et les intempéries changent continuellement le décor, comme pour tenter d'empêcher l'accès au plus précieux trésor d'Aguas.

Épines, serpents, petits marécages, moustiques, grosses racines, terres glissantes, grimper quelques monticules, contourner des arbres brisés …

J'avance vers cette rivière parfois tranquille, parfois perfide, qui transforme les paysages, creuse des failles, engloutit des escaliers. Je vais la voir chuter de plusieurs mètres, là où elle perd de sa force implacable et redevient vulnérable.

La contempler dans son plus bel écrin.

J'y suis.

La rivière en cascade.

Je croise un groupe de touristes qui vient de descendre la falaise en rappel. Ils rentrent au village, c'est l'heure du déjeuner.

J'ai de la chance, je vais être seule.

Au moins quelques minutes. D'autres arriveront bientôt pour se baigner.

Mais pour l'instant, ça y est, l'eau n'est qu'à moi.

Les arbres, les branches, les rochers, les galets, la mousse, les ruisseaux, la chute, les gouttes, le ronronnement, le bruit de l'impact …

Rien qu'à moi …

Tu es là-haut.

Dans ce nid d'amour qui fut le nôtre, il y a vingt-cinq ans.

Je te vois depuis le creux de la vallée.

Je crois rêver.

Je ne rêve pas. Tu m'attendais.

Tu me regardes, assise près de l'eau qui renaît.

Je te regarde, debout près de l'eau qui se suicide.

Face à face, haut et bas, comme deux planètes parfaitement alignées, mais incapables d'altérer leur gravité pour se rapprocher.

Et cette distance me tue autant qu'elle me protège.

À quelques centimètres de ta peau, je n'aurais plus de mots, je ne voudrais que des gestes …

Tu as eu raison : les falaises sont de meilleurs boucliers que les tasses de café.

C'est une belle et douloureuse façon de ne pas se retrouver. Nous sommes reliés par le regard, par l'eau qui s'éclabousse en fine brume. Il n'y a plus qu'elle entre nous, que la rivière qui s'échappe tandis que le temps s'arrête.

La cascade devient le sablier qui fait vivre ce moment figé. Plus rien n'existe que nous et nous n'osons pas bouger. Alors d'ici-bas, je t'envoie les pensées de mes dix-sept ans, celles que je garde encore pour toi, et tu les reçois ...

(Je t'aime.

Pour toujours.

Plus que tout, plus que moi.

Je t'aime avec douleur, ce qui est bien plus fort et persistant que la folie ou la sagesse.

Je t'aime de toute mon âme, que j'ai tissée avec des bouts de la tienne.

Je t'aime à m'en arracher le cœur de mes mains, te l'offrir et te remercier de le broyer.

Quand tu es près, quand tu n'es plus, quand tu te tais, quand tu me parles, quand tu repars, quand tu souris, quand je te pleure. Toujours.

Je t'aime pour ce que tu es et que tu ne vois pas, pour ce que tu as et que tu donnes à d'autres. Avec toute la force de mes dix-sept ans qui t'appartiennent à jamais.

Avec ou sans réciproque, à tout te céder même quand tu ne veux rien. Comme une vérité qui ne s'efface pas juste parce qu'elle est cruelle.

Je t'aime, ça ne t'engage à rien.

Ce n'est qu'une promesse que je nous murmure.

Elle n'attend aucune réponse, même lorsque j'en ai besoin. Tu peux l'ignorer, le fuir, le chercher ailleurs. Cet amour existe, je te l'offre.)

Il me restera cette image de toi, debout dans ce rayon de soleil qui se reflète en diamants sur la rivière …

Ta silhouette à contre-jour, ta présence, maintenant.

Et cette courte parenthèse, rien que ça, peut illuminer le reste de ma vie.

Tu es à ce point magique, tu es à ce point aimé.

Penses-y lorsque la vie te sera difficile.

Ton existence n'a pas été transparente, tu as traversé ce monde en étant éternel pour quelqu'un. Je t'ai vu dans toute ta vérité et je l'ai aimée comme personne.

Voilà, tu sais tout.

Le reste ne peut être dit qu'avec deux corps furieux et tu es en haut, si loin, dans le passé.

Je te regarde toujours, presque sans ciller.

Soudain, tu m'adresses un léger sourire, un faible hochement de tête … Tu te retournes, tu remontes le chemin jadis emprunté et tu disparais.

J'essuie la grosse larme qui glissait sur ma joue.

Je laisse toutes les autres couler …

Voilà, c'est passé.

Dans un instant, je vais rentrer, finir mes vacances puis reprendre le quotidien loin d'Aguas.

Dans un instant, le temps passera à nouveau, sans m'épargner.

Mais je n'oublierai pas, même quand je le voudrai.

Je vais vieillir en y pensant, en sourdine de tout le reste.

Tu as été, tu es, tu resteras.

Et une part de moi, la plus pure, ne sera toujours qu'à toi.

Il y aura toujours ce lien.

Pour me rappeler que nous avons beau multiplier les amours, nous n'avons finalement droit qu'à une seule passion capable de nous rendre vivants, même lorsqu'elle tente de nous tuer.

Que certaines personnes sont des sources inépuisables de bonheur mais aussi de chagrin, qu'on ne peut pas vivre sans elles, mais qu'il le faut pourtant bien.

Que le premier amour, celui qui n'attend rien, celui qui brûle tout, le véritable, ne meurt jamais. Et qu'il faut toute une vie pour s'en remettre.

Aucun adulte n'est épargné.

Car ni toute la force d'une rivière ne peut jamais l'emporter.

D'abord, on écrit des histoires, toujours, partout.
Dans sa chambre, plein de cahiers Diddle.
Puis des carnets Moleskine que l'on trimballe à la fac, au travail, en soirée.

Alors on se dit que vraiment, c'est ridicule, cette manie de sublimer les choses, les gens, de raconter toutes ces vies dans la sienne et surtout celles des autres que l'on surprend et fantasme. Mais comme l'habitude reste et que les pages s'accumulent, on en vient à se demander si finalement, ça ne pourrait pas ressembler à quelque chose, tous ces bouts de débuts, de fins, de réflexions, de phrases orphelines, et "si seulement j'arrivais à les unir, à en faire une histoire, une vraie ..."

Alors on travaille, on sue, on saigne, on se déchire l'âme, les pensées, pour imaginer "ce que ça ferait si", on crée un objet à partager, une couverture, une mise en page, on tremble en le lançant au monde ...

Puis, un jour, *Rivière* est lu, aimé, chroniqué sur les réseaux et recommandé par les magazines ELLE et LIRE. Et je n'y crois toujours pas ...

À toi, lectrice, lecteur, qui a contribué à faire de ce rêve de petite fille une réalité ...
Merci.
Tellement ...

Élise Martinez

Je n'écris jamais en musique,
mais certaines chansons ont accompagné
la création de ce roman.
Vous pouvez retrouver la playlist
sur Spotify :

RIVIÈRE (elise.et.gatsby)

Plus de textes et d'infos sur Instagram :
@elise.et.gatsby